일과 사랑 다 가질래

일과 사랑 다 가질래

급할 것 없다. 남들이 뭐라해도 난 제대로 된 길을 가고있다

최문정 지음

무량수

글을 쓰기 전에…

20대에 본격적으로 누구나 이성 문제에 대해 고민하게 되고 대학을 졸업하면서 직장생활을 선택하고 사회생활을 시작하게 된다. 그리고 이 시점에서 내 인생이 시작되는 계기가 된다.

직장생활 15년 차에 접어든 나는 그 세월 속에 수많은 직원과 소통을 하면서 기쁨과 슬픔, 배신감과 아쉬움 등의 일들을 겪으며 나의 삶에 도움이 되었던 적도 있었고 인간관계에 대한 공부도 되었던 것 같다.

〈보리쌤〉이란 유튜브youtube를 하게 되면서 직장생활에 관한 말들을 많이 쏟아냈지만 다하지 못한 말들을 여기에서 풀어보고자 한다.

누구나 너나 할 것 없이 사랑관, 결혼관의 여러 문제가 내 주변에서 들려올 때마다 어느 것이 정답인지는 알 수는 없었다. 어제의 정답이 오늘이 되니 아닌 것 같고 오늘의 정답이 내일은 아닐 수도 있다는 것이다.

하지만 이 모든 문제의 상황을 마주하게 되면 각자 자기의 기준에 맞춰 판단하게 되고 선택하게 된다. 어떤 사람은 사랑을 먼저 시작하여 결혼을 먼저 하고, 어떤 사람은 사랑보다는 자신의 커리어career, 경력를 쌓기 위해 일을 우선시하여 결혼을 늦게 하거나 비혼주의자가 되기도 한다.

이들 중 어떤 누구의 삶이 성공한 삶이라고 볼 수는 없다. 먼저 시작했어도 실패할 수도 있고, 나중에 시작해서 성공할 수도 있는 것이기 때문이다. 어떤 그 누구도 그들의 삶을 쉽게 판단할 수 없는 것이다. 단지 이 모든 과정은 당신과 나의 인생이라고 말하고 싶다.

2020년 4월 최문정

contents

contents

내게 힘들 때 다가온 사람은 잊을 수도 잊혀지지도 않는다

직장생활만 꾸준히 하던 한 여성이 있었다.

그녀는 예전 연애에서의 상처가 있던 터라 남자와의 연애에 관심이 없었다.

그러던 어느 날, 집에서 쉬고 있던 그녀에게 같이 일하던 남자가 연락이 왔다. 별다른 내용 없이 연락이 온 것이 의아하긴 했지만 이런 저런 얘기를 나누었고 하루가 지나갔다. 그 뒤로 매일같이 연락이 왔고 그런 남자에게 호감이 생겨버렸다.

하지만 곧 그녀는 고민이 되기 시작했다.

그 남자에겐 여자친구가 있었고 이런 관계가 어떻게 끝이 날지는 뻔한 결말이 예상되었기 때문이다. 하지만 이미 커져 버린 마음과 이상형과 거리가 먼 그에게 왜 자신이 이처럼 끌리게 되었는지 본인조

차도 이해가 되질 않았다.

곰곰이 생각해보니 그녀는 연애를 너무 오랫동안 하지 못했고 주변에서 언제 남자를 만나냐는 재촉과 함께 앞으로 불투명한 미래에 대해서 정신적인 스트레스가 극에 달해 있었다. 이런 상황에 그가 나타났고 너무나 자신의 마음을 잘 헤아려 주는 것 같은 그의 모습에 마음이 자연스럽게 갔었다.

제일 힘들었던 시기, 답답했던 와중에 나에게 나타난 그 사람을 정리하기로 마음먹고 그녀는 연락하지 말라고 했다.

하지만 예상외로 그의 답변은 다음과 같았다.

"이런 식으로 끝내는 건 아니잖아요.

저를 만나보긴 하셨어요?

사람이 어쩌면 이렇게 무서워요?

불과 조금 전까지 저와 대화를 잘하셨잖아요?

이렇게 냉정하게 끊으실 수가 있어요?

그래요, 그렇게 해요.

하지만 이거 하나만 묻죠?

선배, 정말 괜찮아요?"

엄청 화가 난 듯한 그의 모습에 오히려 당황한 그녀였다.

"아니, 넌 여자친구가 있는데 나에게 왜 이러는 거야."

혼란스러웠다.

그래서 그녀는 미안하다며 본인도 너무 힘들어지는 것 같아 그냥 연락만 하자며 이야기를 끝냈다. 이성적으로는 인지하고 있었는데 감정적으로 끊어낼 수 없었던 그 사람, 내가 제일 힘들 때 다가와 준 사람이기에 냉정하게 끊어낼 수 없던 자신이 바보 같고 한심스러웠다.

냉정하게 생각해보면 나의 기준에서 정해놓은 올바른 판단과 어쩔 수 없이 끌려가는 상황은 다르다. 마음속을 깊이 들여다 봤을 때 아닌 것을 놓치기 싫어 잡고 있다면 그것 또한 놓으려고 본인이 노력해야 한다. 누군가에게 의지하려는 마음은 현실을 피하고자 하는 마음에서 비롯되기 때문이다. 힘들었던 상황에 다가온 그를 그녀는 내치지도 못하고 있는 그대로 그 사람을 받아들이고 있었다.

누구나가 살면서 힘들고 지치고 삶을 포기하고 싶은 좌절감이 들 때가 있다. 인생이 내 마음대로 풀리지 않고 사람들과의 관계에서 힘들면 주저앉는 상황이 온다.

과연 그녀는 어떻게 해야 하는 걸까.

그것을 어떻게 극복할지는 본인의 몫이지만 너무 힘들 때 옆에 누군가가 손을 내밀면 그 사람에게 의지가 되고 감정 또한 좋아하는 마음으로 발전될 수 있다. 옳은 판단일지 아닐지는 바로 판단이 서지 않을 수 있지만 후회되더라도 너무 자신을 자책하지 말았으면 한다.

마음을 접으려고 하니 내가 힘들고
마음을 키우려고 하니 내가 미칠듯 괴롭다

날 사랑하지 않는다는 걸 알면서도
너를 놓지 못하는 이유는
잠시나마 내겐 좋았던 사람이기에
기억마저 잃고 싶진 않기 때문이다

그와 연락만 주고받던 그녀는 그를 한번 만나보기로 했다.

설렘이 가득했던 그 날, 둘은 서로 마음을 주고받았다. 그날 이후로도 연락을 서로 계속하던 그녀, 그는 여자친구와 정리를 하지 못했다. 아니, 앞으로 할 마음이 없어 보였다. 연락을 계속했던 그에게 여자는 어렵사리 말을 꺼냈다.

"솔직하게 말해줬으면 좋겠어. 너는 나와 앞으로 계속 이런 관계로만 만날 거야?"

남자에게 답변이 왔다.

"그냥 좋은 선후배 그 이상 그 이하도 아니고, 내가 현재 여자친구와 헤어지고 연애할 상황이 못 돼. 앞으로의 만남이 애매한 만남이 될까 봐. 그게 걱정이 되는 거지? 미안해. 그런 걱정하게 해서… 솔직하게 말해 달라 해서…."

그녀는 가슴이 무너져 내렸다. 예상하긴 했지만 그걸 직접 듣게 되니 할 말이 없었다. 정리는 힘들지만 그래도 날 좋아해서 그런 것이었다는 그 말 한마디가 듣고 싶었는데 그냥 좋은 선후배라니 황당했다.

그녀는 이성을 찾고 말했다.

"그럼 내가 마음을 접어야겠네. 난 우리 관계가 너무 애매한 것 같아서 이제야 속이 좀 후련하다."

그는 애매한 관계를 인정하고 미안해하였다.

그리곤 '잘자'라는 답변이 왔다.

그녀는 그 이후로 남자에게 연락하지 못했다.

며칠이 지나 마음 정리가 너무 힘들다는 사실에 또 한 번 절망했다.

여자는 끝없는 고민 끝에 남자에게 다시 연락했다.

남자는 아무렇지 않게 그녀를 받아주었다. 날 좋아하지 않는 그를 끝내 놓지 못했다.

언젠가는 끝이 날 관계…

누군가는 상처받을 관계…

그녀의 마음을 그만큼 이해해준 사람도 없었다며 그것마저 놓치면 앞으로 견뎌내야 할 무게가 너무도 무겁다며 그 사람의 옷 끝자락을 간신히 붙들고 있다. 언제 놓아버릴지 모르지만 말이다.

지키지도 못할 약속 그것은 비밀

때론 상대방의 솔직한 마음이 고마우면서도 상처가 된다

여자친구와 정리를 하지 못한다는 그는 너무나 솔직하기 짝이 없었다.

여자는 상처를 입었지만 자기 자신도 잘한 것이 없다는 생각을 했다. 그런 남자가 내게 온다고 해도 내가 뺏은 거나 다름없고 마음 편히 만날 수 없을 것 같았다. 늘 불안한 만남이 될 것이고 나와 그렇게 만났기에 또 다른 여자에게 마음이 갈 수도 있을 거란 생각이 들었다. 솔직한 마음은 알지만 날 속이지는 않아서 이걸 고맙다고 해야 할지.

세상에는 수많은 연애가 있다.

어떤 만남은 예쁜 사랑으로 보이는 만남과 동시에 남들에게 손가

락질을 받는 만남도 있다. 이 수많은 연애 가운데 옳고 그름을 따질 수 있는 연애는 없다. 상식적으로 이해가 되지 않는 사람도 많고 그런 사람들을 다 이해할 필요도 하지 않아도 되는 것이다.

서로 애인 사이면서 다른 사람을 만나는 경우도 이와 같다. 서로에게 상처가 되는 만남은 피하는 것이 좋으나 그런 경우가 생기면 혼자 힘들어하지 말길 바란다.

수많은 사람 중에서도 서로 잠만 자는 관계로 만날 시에 그런 만남을 유지하는 것 자체에 크게 의미를 부여하지 않는 사람들도 있다.

'난 애인이랑 다 좋은데 속궁합만 안 맞아. 애인이 있어도 잠만 자는 게 뭐 어때서? 너도 좋아서 나랑 즐긴 거 아냐?'

그러니 한쪽은 상처를 받고 한쪽에선 아무렇지 않은 기이한 현상이 생기기도 한다.

짧은 만남의 연애라 생각하고 혼자 상처받고 슬퍼하지 말았으면 한다. 나 혼자 자책하지도 말고 상대 연인에게 미안함을 느끼는 모든 감정도 혼자 감당하지 마라.

살다 보면 이런 사람 저런 사람 있는 것이다. 툭 치고 지나갈 수 있는 마음과 잠시 스쳐 지나간 인연이라 생각하고 다음 연애는 좀 더 신중하고 후회하지 않는 마음가짐으로 신중한 선택을 하길 바란다.

조급한 마음은 실수가 생긴다
널널한 마음은 타켓이 생긴다

그 향기라서 좋은 게 아니라 당신한테서 나는 향기라 좋은 거다

나는 유독 향기에 민감하다.

사람을 만날 때 그 사람의 외형도 중요하겠지만 무엇보다 자연스럽게 풍겨 나오는 체취에 민감했다. 어떤 사람을 떠올리기에 냄새만 한 것도 없을 것이라는 생각을 하면서 말이다. 향수는 내 기억 속에서 특정한 사람을 떠올리게 하고 지나가다가도 다른 사람에게서 비슷한 향기가 나면 뒤돌아보게 만드는 매력이 있다. 그래서인지 내가 좋아했던 사람들은 모두 좋은 향이 났었다.

예전에 어떤 사람의 향기가 옷에 배여 며칠 동안이나 그 향을 맡으면서 킁킁거렸던 모습이 기억난다. 사람들은 누구나 좋은 향수를 쓰고 싶어 한다.

자기 몸에서 나는 좋은 향을 선호하고 달콤한 향, 시원한 향, 무거운 향 등 본인에게 풍기는 향기를 중요하게 생각한다. 뭐든지 과하면 좋지 않다. 나 또한 향수를 좋아하고 너무 진하지 않는 이상 은은하게 퍼지는 그 향을 참 좋아한다.

내 몸에서 나는 향이 상대방이 잠시나마 나를 기억하게 할 수 있다는 게 얼마나 좋은 일인지 다시금 느낄 수 있었다. 내가 좋아하는 향수를 맡는 것보다 어떤 향을 맡았을 때 누군가를 떠올릴 수 있다는 게 얼마나 행복한 일인가.

아무리 비싼 향수라도 본인에게 맞지 않으면 소용없다.

마치 어울리지 않는 옷을 걸쳐 입고 거리에 나서는 것과 같기 때문이다. 나에게 맞는 향수, 은은하게 나를 떠올릴 수 있는 향기를 상대방에게 떠올리게 하는 것도 좋은 이미지로 각인될 수 있는 하나의 방법이 될 수도 있다.

꾸민듯 안 꾸민듯 자연스러운 스타일의 청순한 여자는 없어…
그냥 예쁜 여자야…

내가 제일 슬픈 것은 그 사람에게 나는 1순위가 아니라는 거다

어떤 여자가 있었다.

그녀는 한 남자를 짝사랑하고 있었다. 그러던 어느 날 마음을 접게 된 계기가 있었다고 한다. 그 남자는 동거를 하는 여자가 있었고 둘은 오래 사귄 커플이었다. 그녀는 혼자 남자를 좋아했고 이루어지지 않는 걸 알면서도 쉽사리 마음을 접기가 쉽지 않았다.

그 남자와 친해져서 카카오톡을 주고받고 연락의 범위가 넓어져 갈 때쯤 여자도 이렇게나마 관계를 유지하는 것이 좋다고 생각했다. 그래야 앞으로 계속 볼 수 있을 테니까 말이다.

하루는 남자가 여자에게 치킨 배달을 시켰다며 사진 한 장을 보내왔다.

별다를 거 없는 사진인데 뭔가 달라 보였다. 자세히 살펴보니 사진엔 치킨 두 마리와 사이다가 두 병이 있었다. 특이한 점이 없다고 생각했는데 여자는 곧 깨달았다.

'아… 치킨이 두 마리고 음료수도 두 병이구나. 그렇지… 하나는 여자 거네.'

어찌 보면 당연할 수 있는 사진이지만 그녀에게는 달라 보였다.

'남자가 치킨을 먹으면 나중에 여자가 와서 먹을 거라는 거… 그래서 항상 두 마리를 시켰구나…. 혼자 아무리 좋아하고 잠시나마 욕심을 부려도 언제나 그의 곁엔 여자친구가 있다는 것을… 나랑 치킨을 시켜 먹어도 그럴 수는 없을 거야. 앞으로도 계속해서 말이야….'

이게 현실이었고 그 사람에게 더 이상 다가갈 수 없는 상황이었다. 그제야 무언갈 깨달은 그녀는 마음을 접었다. 언제나 그에게는 여자친구의 존재가 일상생활처럼 곁에 있었다.

정말 당연한 일인 것이라는 걸 알면서도 서러운 마음이 들었다.

하지만 '순위'라는 건 언젠가 바뀌게 되어있다. 지금은 1순위이지만 언젠가는 다음 순위로 아니, 영원히 밀려날 수 있는 것이다.

이 세상에 영원한 건 없다. 누군가가 잊히는 것은 한순간이고 그것보다 무서운 건 없으니까 말이다. 언젠가는 그녀에게도 그녀를 1순위라 칭하며 챙겨주는 사람이 나타날 것이다.

마음을 내려놓기 순리대로 받아들이기

상대방을 위한 배려를 버릇처럼 하다 보니
정작 내가 상처를 받으면
나는 누구한테 배려를 받아야 하나?

나는 늘 항상 나보다 상대방을 먼저 생각하는 편이다.

특히나 일할 때 그런 생각은 더욱더 빛을 발하는데 친하지 않은데 같이 일을 해야 하는 상황이 오면 그 어색함이 죽기보다 싫었다.

'이 사람과 무엇이든 화젯거리 하나를 꺼내서 이야기를 이어나가야겠다.'라며 머릿속엔 온통 이런 생각뿐이었다. 그러다 보니 여러 가지 주제들로 이야기를 이어나갔고 항상 나보다 남을 생각하는 오지랖 넓은 사람이 되어가고 있었다. 일하면서 직원들과 맞지 않는 부분이 생겨나면 우선 상대의 입장에 서서 생각해보고 왜 저런 행동이 나왔는지를 판단하기에 이르렀다.

지금 생각해보면 맞지 않으면 맞지 않는 것이고 굳이 이해할 필요가 없는 부분이었는데 말이다. 그러다 보니 상대방은 자기 위주로 생각을 하고 그런 행동이 반복되어 나타나 나만 혼자 상처를 받는 아이러니한 일이 생겨났다. 상대방을 진짜 생각해서 내가 배려했던 행동 뒤에 드러난 후폭풍은 어느새 내가 모두 감당해야 할 큰 몫이 되었다.

그냥 맞으면 맞는 대로 맞지 않으면 맞지 않는 그대로 내버려 두면 된다.

그렇게 한다고 해서 나를 상대방이 욕을 하든지 안 좋게 본다면 상대방이 이상한 사람인 것이다. 특히 나와 맞지 않는 사람과 일을 하고 마주친다는 것은 참 힘든 일이다. 이건 애인 사이에서도 적용할 수가 있는데 한쪽이 너무 상대방을 맞춰주다 보면 그 관계는 오래가지 못한다.

더 많이 좋아하는 사람이 상대방을 위한 배려를 하게 되고 배려를 받는 사람은 어느새 너무 익숙해진 터라 당연하게 받아들이고 행동도 함부로 하게 되는 것이다. 서로 사랑하고 서로 맞춰가야 하는 법인데 일방적인 배려는 상대를 이기적인 사람으로 변하게 만든다. 나만 희생하면 되고 나만 참으면 넘어가는 문제라고 여기면 안 된다.

서로가 똑같이 사랑하고 배려해줘야 한다.

잊지 마라. 상대방이 나를 어떻게 생각하느냐를 생각 말고 항상 내가 먼저란 사실을 말이다. 나 자신이 먼저이고 그다음 여유가 생기면 상대에게 맞춰가야 한다. 직장동료 친구 애인 가족들까지도 개개인 성향이 다 다른데 나와 굳이 맞지 않아도 된다.

억지로 끼워 맞추지 말고 배려랍시고 나보다 더 상대를 생각하지 말고 적당한 선에서 같이 맞춰가라. 안 맞으면 안 맞는 대로 맞으면 맞는 대로 내버려 둬야 자연히 알아서 나와 함께할 사람이 마지막에 남는다. 그런 다음 내 곁에 남겨진 사람을 소중하게 생각하길 바란다.

상대방의 틀린 점 보다 다른 점을 인정하는게 맞다 

편함과 부담의 기준은 원하는 사람과 원치 않는 사람으로 나뉜다

책을 내고 얼마 되지 않았을 때 일이다.

그냥 얼굴 정도만 아는 남자분이 책에 대해 이것저것 물어보셨고 나도 성심성의껏 대답해주곤 했었는데 시간이 지나자 SNS Social Network Service를 하냐며 물어보는 것이었다. 난 한다고 대답했고 팔로워 follower를 요청하겠다고 하였다. 아무 생각 없이 알겠다고 했고 그 뒤에도 여러 가지 질문을 하였는데 시간이 지나자 이제는 다이렉트 메시지로 연락이 오는 것이었다.

그때부터였나보다.

'이건 좀 아니지 않나' 라는 생각이 들었다. 그분은 별 뜻 없이 나에게 메시지를 보냈을 수도 있겠지만 나에겐 뭔가 부담스러웠고 더 이상 연락하고픈 마음이 사라지기 시작했다. 한 번씩 보던 얼굴이라 무시할 수는 없었기에 그 뒤로는 인사 정도만 하는 사이로 지냈다. 그 남자분도 자신도 뭔가 이상한 점을 느끼고 그 후로 어떤 행동도 취하지 않았다.

이처럼 내가 원치 않은 사람이 다가올 때 우리는 부담을 느끼게 되고 사람과의 관계에서 선을 긋는 행동을 하게 된다. 하지만 다른 예로 호감이 가는 상대가 나에게 무리한 요구를 하게 된다면 망설임은 잠시일 뿐 곧 도와주거나 요구를 받아들이는 데에 무리가 없다.

즉 이 사람은 내가 원했던 사람이고 심지어 심적으로 편안함을 느끼게까지 하는 것이다. 살다 보면 사람과의 관계에서 편함을 느끼는 호감 가는 상대만을 골라서 만날 수는 없다. 그렇다고 부담을 느끼면서까지 불편한 사람과는 같이 일하기도 싫을뿐더러 쳐다보기도 싫어지는 경우가 생기기도 한다.

싫어도 내색하지 않고 그럭저럭 사람들과 잘 지내는 사람이 있는 반면에 좋고 싫음의 감정을 겉으로 티를 내는 사람도 있다. 나 또한 어느 누군가에겐 편함과 부담을 주는 사람으로 나눠질 수 있음을 결코 간과해서는 안 된다.

머리보다 마음이 움직이는 솔직한 사람이 좋더라

남녀관계에 있어서 누군가와 썸something의 줄임말, 아직 연인 관계는 아니지만 서로 사귀는 듯이 가까이 지내는 관계을 타게 되고 연애를 하게 되면 연애 초기에 밀당밀고 당기기의 줄임말을 많이 하게 된다. 감정싸움을 안 하려고 해도 한참 서로 좋은 감정일 때 혹은 누가 주도권을 쥐고 연애를 할 것인가에 대해 밀당은 어찌 보면 당연한 일인지도 모른다.

하지만 나는 이런 감정싸움을 좋아하지 않는다. 상대방이 좋으면 좋은 것이고 싫으면 싫은 건데 굳이 그 감정을 감추고 숨기고 아닌 척 애써 절제하며 표현한다는 것 자체가 정말 상대방을 사랑하는 것인지도 의심스럽기 때문이다.

나의 주변 사람들의 연애를 보고 있자면 밀당은 필수항목이라는 생각을 느끼게 하는데 밀당이 없는 너무 솔직한 표현은 상대를 질리게 도 한다는 것이었다. 그래서 남들에겐 쉬운 연애가 나에게는 너무 어려운 것인지도 모르겠다.

오래된 커플을 보고 있으면 서로에게 사랑 보다 정에 가까운 감정이 많이 묻어난다.

어찌 보면 오래된 연애 기간이 자연스럽게 그런 감정으로 바뀌게 된 것이라는 씁쓸함도 느끼게 하고 서로 다른 사람에게 좋아하는 감정이 생기는 경우, 서로 간의 의리를 지키기 위해 솔직하게 표현하지 못하는 것과 권태기가 옴에도 불구하고 헤어짐이 두려워 이별을 택하지 못하는 연인들도 여럿 있는 걸 봐왔다. 그러다 점점 마음이 식어가고 누군가 다른 사람이 생기거나 지쳐갈 때 한쪽은 마음의 상처를 입는다.

그런 걸 보면 내 성격은 참으로 단호한데 그런 부분에선 아닌 거면 칼같이 잘라내고 헤어짐을 택하는 쪽이다. 내 마음이 식어서 변했는데 정으로 혹은 의리로만 상대방 곁에 있다는 것이 얼마나 처절한 마음인지 난 너무나도 잘 안다.

헤어지는 건 너무 힘든 일이지만, 하루라도 빨리 한쪽이 마음을 정리하고 다른 사람을 만나든지 그런 만남이 오래가든 그렇지 못하든지 하나를 선택해야 서로를 위해 좋아질 수도 있는 것이다.

머리로는 상대방을 탐색하고 어떻게 할지 고민은 할 수 있다.

나도 이제 나이가 들어 연애보단 결혼을 먼저 생각해야 하는 나이지만 어찌 됐건 상대방이 좋아한다고 솔직한 마음을 나에게 보이면 관심 없던 사람이라 할지라도 그 사람에 대해 다시 한번 생각하게 되고 내가 정말 싫지 않은 사람이라면 그 마음을 받아주고 싶다.

연인이 있음에도 불구하고 마음이 변해 나에게 찾아온 사람도 이성적으로는 저러면 안 되는 거 아닌가 싶다가도 나에게 향한 마음이 진실인지를 내가 어찌 판단할 수 있단 말인가. 일찍이 정리될 관계이고 그게 혹은 나로 인해 아니면 다른 사람으로 인해 정리된다면 그 인연은 거기서 끝이 나는 관계인 것이다.

무얼 그렇게 아등바등 그 사람을 잡지 못해 울고불고 나 혼자만 안달이 나서 상대를 혼자 붙들고 있는 그런 만남은 나도 이제 질린다. 사람의 마음이 가는 대로 움직이다 보면 누군가는 그 사람 욕을 하고 손가락질을 받는 만남이 되어도 그런 마음이 누군가를 움직였다면 그냥 그대로 두고 싶다.

나에게 왔다가 다시 떠나갈지라도 잠시나마 흔들린 마음, 그 순간만은 진심이고 솔직했다는 표현이니까 머리로만 계산하고 재는 관계보단 백번 천번 낫다는 생각을 한다. 몸만 껍데기만 곁에 있는 사람이 나 혼자 붙잡고 노력한다 해서 과연 그 사람이 자신의 연인에게 오래 머물 수 있을 것인가. 때에 따라 상대를 놔주는 것도 그 사람의 선택을 존중하는 것도 현명한 방법이 되는 것이다. 끝까지 함께하지 못할 사람이라면 아무리 오래 사귄 사이라 해도 하루아침에 남이 되어버린다.

연애란 힘든 것이다.

착하다고 해서 오래 갈 수 있는 것도 아니며 못되고 이기적인 사람일지라도 이성을 잘 다룰 수 있다면 주도권을 가지며 지속적인 만남을 유지할 수 있는 관계를 형성한다.

그래서 나쁜 남자와 나쁜 여자가 인기가 많은 것이다.

상대방에게 올인all in, 한 가지 일에 모든 힘을 쏟아부음하지 않는 그들은 자기 생활을 하고 자기 관리를 철저하게 하면서 마음을 100% 주지 않는다. 그런 모습이 상대에겐 매력적으로 보이며 끌리게 되는 것이다. 각자의 생활에서 최선을 다하는 모습으로 매력을 발산한다면 자연스럽게 주변에 사람이 모여든다.

한 번씩 날 챙겨주는 사람, 솔직한 마음을 보여주는 사람, 머리가 먼저 움직이지 않고 마음이 움직여 표현하는 사람, 난 이렇게 솔직한 사람이 좋다.

나 쉬운 여자 아니야 너 쉬운 남자 아니야
그래서 못 만나는가 보다

현재 처한 내 상황이 아무리 힘들어도
널 만날 수가 없다는 건 핑계
다가오지 않는 건
그 정도의 가치는 아니라는 것

그녀의 남자친구는 동갑이었다.

서로 성격도 비슷하고 남자친구의 어머님이 그녀를 마음에 들어하여 만나게 된 특이한 경우였다. 사귀게 된 날부터 남자는 적극적으로 그녀의 출퇴근 시간에 맞춰 회사와 집을 차로 바래다주었다.

그게 보통 일은 아닐 터인데 몇 개월을 부지런히 남자는 그녀를 위해 힘든 내색 하나 없이 지속해 왔다. 그러던 중 남자가 경주에 있는 대학에 복학하게 되었고 둘은 어쩔 수 없이 주말에 한 번만 볼 수 있는 장거리 연애 커플이 되었다. 그녀는 아쉬웠지만 어쩔 수 없는 상황을 극복하고 계속 만남을 유지했다.

시간이 흐르자 남자는 주말에 한 번밖에 볼 수 없는 시간에 그녀를 보지 않았고 그런 일이 비일비재하게 되었다. 그녀는 처음에 이해하려다가도 섭섭함이 몰려왔지만 내색하지 못했다.

그런 후에도 남자는 부모님과 시간을 보내야 한다며 만나기를 거절하고 때때로 친구들을 봐야 한다며 거의 보지 못하는 상황의 일이 연속적으로 일어났다. 그녀는 실망감이 커졌고 둘은 알 수 없는 감정의 골로 서로 자존심을 내세우며 서로 연락을 안 하게 되었다. 그 결과 보름이 지나도 서로 연락을 하지 않게 되었다.

그러던 어느 날 남자에게 쌩뚱스러운 문자가 왔다.

'잘 지내지?'

그녀는 이런 황당한 문자와 보름 만에 연락이 온 것에 화가 나면서도 어이가 없었다.

'뭐지? 생사확인인가?'

그녀도 아무렇지 않은 듯 답장을 했다. 그 후도 연락은 자주 끊기기 일쑤였다. 그녀는 드디어 결심하였고 남자에게 전화를 걸었다. 남자는 전화를 받고 이따 연락하자며 통화하기를 꺼렸지만 그녀는 지금 이 순간 담판을 짓지 않으면 안 될 거라 여겨 전화통화를 종용했다.

남자는 한숨을 쉬며 대화를 이어나갔고 장장 1시간 통화 끝에 그녀는 남자에게 그동안 서운했던 일과 이렇게까지 사이가 멀어지게 된 이유를 낱낱이 말을 하며 답답했던 마음을 쏟아내었다.

남자는 아무런 말이 없었고 그저 미안하다는 리액션reaction만 취해왔다. 그동안 복학해서 학교생활에 적응하기 바빴다며 힘들었다고 구구절절하게 하소연하였다.

그녀는 남자와 더 이상 대화가 안 된다는 걸 판단하고 헤어지자며 정리하였다.

아무리 본인의 상황이 힘들고 어려워도 만날 수가 없었다는 게 제일 이해가 되지 않았다. 그건 모두 핑계일 뿐이었다. 둘은 헤어지고 얼마 지나지 않아 남자는 같은 학교의 후배인 여자친구를 사귀었고 사실을 알게 된 그녀는 황당하면서도 어이가 없었다. 아무래도 그 후배가 본인들의 만남에 영향을 주었다고 생각한 것이다.

결국에 그 남자는 후배와 4년간의 연애 끝에 결혼하였다고 한다. 어쩌면 그 남자의 진짜 인연은 그녀가 아니라 후배가 아니었을까? 괜히 둘 사이에 그녀가 어정쩡하게 끼어 있었던 게 아닌가 싶은 생각이 들었다.

가만히 생각해보니 정말 나의 인연은 따로 있는 것 같다.

아무리 노력해도 끝나는 인연이 있고 예상치도 못하게 만나게 되는 인연도 있다. 직장생활을 하다 보면 내 주위에서 들리는 말 중에 간혹 나의 신경을 예민하게 자극하는 말을 듣는 경우가 있다.

연애 기간이 10년 가까이 되어 결혼했는데 결혼생활을 얼마 못하고 이혼할 수도 있고 연애 기간이 5~6년 차가 되었는데 결혼은 짧은 만남을 가진 다른 사람과 결혼을 할 수도 있다.

이런 경우에 무엇이 문제일까. 내가 생각할 땐 결혼으로 이어지는 인연은 따로 있다고 본다. 하지만 그 누구도 결과를 장담할 수 없는 것이다. 그래서 인생은 아이러니한 것 같다.

누군가를 떠올릴 때
많은 생각을 하게 만들고
복잡한 감정이 들게 한다면
좋은 사람이 아닌 건 확실하다 

이별이란

이 : 이해해보려고 아무리 노력해도
별 : 별수 없는 상황이 반복되어 내린 결정

그녀에겐 결혼까지 생각했던 남자가 있었다.

오랜 만남으로 인해 어쩌면 결혼이라는 암묵적인 약속이 당연시되었던 관계이기도 했다. 남자는 집에 대한 애착이 심했고 무리하면서까지 집을 마련하려고 했다. 처음에 여자는 서로 형편에 맞게 있으면 있는 대로 욕심부리지 않고 남자와 시작하려 했지만 남자는 그녀와 생각이 달랐다.

집 문제로 수차례 싸움을 했고 지겨우리만큼 감정 소모를 했던 그녀는 남자의 고집을 꺾을 수 없다는 걸 인지하고 남자와의 만남이 부담으로 다가왔다. 결혼이라는 약속 안에 서로 동상이몽을 꿈꾸고 있었다.

어쩌면 그때 솔직하게 서로 간 말을 하고 상대방을 이해하려는 마음이 조금이라도 있었다면 결과는 달라질 수 있었을 텐데 너무나 다른 입장으로 그녀는 결국 남자에게 이별을 고하게 되었다.

그렇게 오래 만난 사이지만 이별은 너무나도 쉬웠다.

하루아침에 남이 되어버렸고 그 뒤에 남자는 그녀의 마음을 돌리고자 수차례 연락을 하고 만나려고 했으나 그녀는 두 번 다시 남자를 보지 않았다.

시간은 흐르고 둘은 점점 잊혀져 갔다.

그리고 몇 년이 지나 남자가 다른 여자와 결혼하기에 이르렀다. 그제야 그녀는 마음이 편해지는 걸 느꼈다.

이 세상에 쉬운 이별은 없다.

누구나가 힘들고 버겁고 일상생활을 유지하는 것조차 어려워지는 상황도 온다. 오랜 만남이었기에 그만큼 함께한 정도 있었고 무엇보다 어딜 가나 그 남자가 생각날 수밖에 없었다.

하지만 변하지 않는 그의 생각과 가치관 배려심은 하나도 없는 그를 그녀는 평생 맞춰 줄 용기가 없었다. 거의 남처럼 몇십 년을 살아온 그들이 만나 한순간에 마음이 통하는 것도 사실상 말이 안 되는 것이다.

연애하다가 결혼 얘기가 오고 갈 때가 있다.

이럴 때는 현실적으로 부딪히는 부분이 많아서 심각해진다. 집 문제, 가족 문제, 돈 문제 등등 현실적으로 상호 간 부족한 부분을 한쪽에서 채워주면 다행인데 생각이 다를 경우 동등한 이익을 취하려고 하면 쌍방 간에 합의가 될 수가 없다.

그러면 서로 상처를 받게 되고 실망스러워 결국 둘 중 하나는 돌아서게 된다. 그래서 나이가 어릴수록 결혼성사는 오히려 쉽게 되고 나이가 먹을수록 결혼은 현실과 타협하는 부분이 더 많아지게 되기 때문에 어려움으로 다가오는 것 같다. 이해와 배려 공감 능력이 그들에겐 절실했는데 혼자만 노력하고 맞춰주고 관계유지에 힘쓰는 만남은 언젠가는 이렇게 끝이 난다. 이해하려고 아무리 노력해도 별수 없는 상황이 반복되어 나타나면 이별을 선택할 수밖에 없다.

지금 만나는 사람과 이별을 피하고 싶다면 한쪽이 이별을 생각하기 전에 상대방에게 솔직한 마음을 보여주고 난 후 그 사람의 생각을 들어보고 조율해서 맞춰갈 수 있다면 당신의 평생 반려자로 함께 할 수 있을 것이다.

결혼 할 인연은 따로 있다고 한다
평생 같이 살 사람을 만나기 위해 얼마나 많은 사람들을
만나고 또 헤어지고를 반복하며 지내야 하는가?
그렇게 만난 사람과 결혼하면 현실이 보이고 익숙해지면
서로 다른 곳을 바라보고 인생사 복잡해져 결국 홀로서기를 선택한다

누군가에겐 시작
누군가에겐 끝
그대 이름은 바람

풋풋한 대학 새내기였던 그녀는 학과사무실에서 아르바이트하며 일과 학업을 병행하고 있었다. 과에서 총대 직을 맡고 있던 남학생을 알게 되었고 적극적인 구애에 둘은 사귀게 되었다. 알콩달콩 만남을 이어가고 있을 때 남자는 그녀에게 조심스럽게 말을 건네기 시작했다.

"저기, 혹시나 우리 과 여자애들이 너를 찾아올 수도 있어. 만약에 나에 관해서 묻거든 그냥 모른다고 해. 절대 사귄다고 말하던지 아는 사이라고 말하면 안 돼. 알았지?"

그녀는 황당한 표정으로 남자를 쳐다보았고 남자는 머쓱한 표정을 지으며 다시 한번 말을 이어나갔다.

"아니, 나를 좀 따라다니는 여자애들이 있어서 스토커 수준인데 만약에 너랑 나랑 사귀는 걸 알면 너한테 무슨 짓을 할지도 몰라. 네가 많이 힘들 수도 있고 괜히 사귄다 그러면 여기 말이 많아져서 너도 귀찮을 수도 있어. 무슨 말인지 알지?"

그녀는 어이가 없었지만, 남자가 과에서 인기가 많았던 터라 이해되지 않았지만 이해하려 애를 썼다.

그와 만난 지 3개월이 지났다.

어떤 여자 2명이 학과사무실을 찾아왔다. 누군가를 찾던 여자들은 그녀를 발견하고 다가와 물었다.

"저기요."

"네?"

"혹시 ○○○ 오빠 알아요?"

그녀는 순간 남자의 말이 머릿속에 떠올랐고 남자가 말한 그 여자인가 싶어 반사적으로 답을 했다.

"아니요. 잘 모르겠는데요."

그러자 여자는 그녀를 이상한 눈으로 쳐다보며 말했다.

"저기요. 잠시 저랑 얘기 좀 하시죠."

그녀는 같은 공간에 있던 조교를 쳐다보았고 조교는 다녀오라는 제스처gesture, 몸짓를 취했다. 빈 강의실을 찾아 들어간 여자와 그녀는 강의실 의자를 빼고 앉아 서로 마주 보았다. 신경질적인 말투로 여자는 다시 질문하였다.

"정말 ○○○ 오빠 몰라요??"

"네."

"아니, 근데 왜 오빠 휴대폰에 그쪽이 오빠 보고 싶다는 둥 사랑한다는 둥 그런 문자가 와 있는 거예요? 우리 오빠 좋아해요? 오빠가 요즘 귀찮게 구는 여자가 하나 있다고 하던데, 그쪽 아니에요?"

그녀는 듣다 보니 뭔가 잘못된 걸 인지하기 시작했다.

그녀가 대답했다.

"저기요. 제가 그런 문자를 쓰고 하는 거는 여자친구니까 그런 거고요. 그쪽이 왜 그런 신경을 쓰는 건데요?"

순간 강의실은 정적이 흘렀다. 여자가 당황해하며 말을 했다.

"네? 여자친구라고요? 제가 오빠 여자친구인데요?!"

그녀는 어이가 없어 재차 묻기 시작했다.

"언제부터 만나셨어요?"

알고 보니 그녀를 사귄 지 한 달 뒤에 이 여자와 사귀었다는 걸 알게 되었다. 여자도 그녀도 남자에게 모두 속은 것이다.

양다리에 바람까지…

그 남자는 무언가 직감한 듯 학교를 나오지 않았다.

그 뒤에 여자와 그녀는 인사를 간간이 주고받고 안부를 물으며 서로 알 수 없는 동지애를 느끼며 서로를 위했다.

그러던 어느 날 여자는 그녀를 피해 다니기 시작했고 인사도 하지 않는 등 불편한 행동을 하였다. 그녀는 촉이 왔다. 왜 항상 슬픈 예감은 틀리지 않는 것일까. 그녀는 학교 캠퍼스 내에서 졸업할 때까지 다시 만난 둘의 모습을 보고 싶지 않아도 볼 수밖에 없었다.

그녀는 남자에게 미안하다는 사과 한마디 제대로 듣지 못했는데 말이다. 그녀의 마음은 산산조각이 났고 큰 상처를 입었고 어이없게도 일방적인 남자의 행동으로 원치 않는 이별을 맞이했다.

남녀 사이에 바람은 있어선 안 되는 것이 맞지만 그 사람의 천성이나 상황에 따라 발생하는 경우가 허다하다. 서로 잘 만나다가도 상대의 부족한 점이 보이기 시작하고 그 부족한 점이 보완되어 갖춰진 여자나 남자가 나타나면 호감이 생기고 돌이킬 수 없는 선택을 하곤 한다. 그렇게 되면 둘 사이에 누군가에겐 새로운 시작이 되고 누군가에겐 끝이 되는 것이다.

헤어지지 않았어도 그 관계는 그렇게 변해버린다. 그걸 알면서도 유지하느냐 모르고 있느냐 언젠가 밝혀지느냐에 따라 난감한 상황이 발생한다. 상대를 속이는 건 분명히 나쁜 것이다. 하지만 그런 사람을 알면서도 놓지 못해 혼자 상처를 받고 매번 넘어가고 눈감아 주는 건 잘하는 것일까. 바람이라는 명목하에 수많은 사람이 마음의 상처를 입는다.

하지만 이건 답이 없다.

바람의 기준은 모두 생각은 하고 있지만 행동하느냐 안 하느냐의 차이다. 자기 자신의 선택에 따라 이별과 용서를 하게 된다. 연애하다 결혼 이전에 상대가 이런 행동을 보였다면 적어도 이 관계를 다시 생각해보는 것이 옳다. 바람과 도박은 자신의 인생이 달린 평생의 문제이니 말이다.

한번 상처가 생긴 자리는 아물 때를 기다려라
급하게 딱지를 떼면 덧나기 마련이다

이유 없는 짜증은 없다
잘 생각해보라
원인 없는 결과가 없듯이 말이다

일하다가 혹은 사람들과 만날 때 갑자기 짜증이 나고 화가 나는 경우가 있다.

평소에는 그냥 무던하게 지나갈 수 있었던 일도 넘어가지 못하고 싸우게 되는 상황도 생긴다.

'내가 왜 그랬을까?'하고 곰곰이 생각을 해보면 분명 이유가 있어 짜증이 났던 것이라고 판단이 될 때가 있다. 아니라고 그냥 이유 없이 화가 난 거라고 생각을 해도 분명 이유가 있는 것이다.

예를 들어 애인 사이일 경우 상대방에게 뭔가 섭섭한 점이 생기거나 싸우게 되어 기분이 좋지 않을 때 일을 하게 되면 핵폭탄이나 다름없다. 아무리 프로답게 아무렇지 않게 일을 하려 해도 나도 모르게 표정으로 드러난다든지 말실수를 하게 되는 것이다.

'난 아닌데?' 하는 사람이 있을지라도 잘 생각해보라. 분명 짜증이 났던 원인이 있을 것이다. 뭔가 본인의 개인적인 일이 풀리지 않으면 그건 상대방에게 독이 되고 그 사람은 나의 표적이 된다.

'하나만 걸려라. 나 지금 무척 기분이 좋지 않다. 제발 날 좀 내버려 둬라.'하는 생각으로 일을 하게 되고 그럼 정말 하나가 걸리든지 싸움이 난다든지 생각만 하던 것이 실제로 벌어지는 경우가 생긴다.

나의 마음이 어떤가.

대부분 사람은 평소 자신에 대해 잘 생각하지 않는다. 나 같은 경우에는 나보다 상대방의 기분이나 행동을 더 유심히 관찰하는 편인데 나름대로 판단을 내리게 되고 그에 따라 행동이 달라지는 경우가 더러 있었다.

하지만 유독 내 마음은 내가 잘 관찰하지 못했고 그냥 내버려 두곤 했다. 그러다 뭔가 마음이 안 좋은 일이나 답답한 일이 생기면 짜증에 짜증이 물고 늘어져 끝도 없는 기분 하락으로 좀처럼 컨디션condition, 상태이 회복되지 않았다.

나를 기분 나쁘게 하는 사람들, 그 상대들은 당신들 때문에 내 기분이 이렇게까지 안 좋아졌으리라고 생각하지 못할 것이다. 일하다가 길 가다가 대화하다가 혼자 있다가 갑자기 화가 나고 짜증이 난다면 곰곰이 원인을 찾아보라. 그 원인이 누군가로 인해 생긴 것이라면 잠시 숨을 고르게 쉬고 찬찬히 마음을 다스려보라.

처음엔 쉽지 않지만, 차츰 기분이 돌아오는 걸 느낄 수 있을 것이다. 상대로 인해 내 감정 소모를 하지 않기 바란다. 나는 나이고 상대는 상대일 뿐 상대로 인해 내가 휘둘리지 않고 중심을 잘 잡을 수 있는 내면의 프로가 되어보자.

내 기분은 참 변덕스럽다
분명 좋지 않은데 남들에게는 아무렇지 않은 척 잘한단 말이야
그런데 혼자 있으면 또 우울해진단 말이야

무조건 괜찮다고 하지 마라 본인은 긍정적이지만 상대방은 불편하기 짝이 없다

직장생활을 하다 보면 심하게 긍정적인 마인드mind를 가진 사람을 볼 수 있다.

물론 부정적인 것보다 훨씬 좋은 마인드지만 이런 사람들 특징이 본인도 힘들면서 혼자서만 괜찮다며 자기 위로의 시간을 가진다. 이런 마인드는 주변 사람들에게도 영향을 끼치고 분명 괜찮아 보이지 않는데 괜찮다고 혼자 즐겁고 혼자 파이팅을 외치는 것이다.

그런 모습을 보는 사람들은 뭐가 저렇게 혼자 긍정적인 것인지 당최 이해가 되지 않는다.

특히 직장상사의 입장에서 직원들에게 말을 할 때 분위기가 아무리 개떡 같아도 끝엔 항상 '오늘도 파이팅!' 이런다. 직원들이 보기에 너무나 불편하고 차라리 욕을 하지 왜 저러나 하는 생각을 가지기도 한다.

직장상사들의 입장에 서서 생각해보면 가뜩이나 가라앉아있는 분위기에서 본인들의 역할을 해야 하고 직원들의 사기를 북돋워야 한다는 생각에 그럴 수도 있다. 이해는 하지만 그런 말은 적당한 선에서 끝냈으면 좋겠다.

그렇다고 매번 화를 내고 부정적인 마인드로 행동하라는 것은 아니다. 하지만 적어도 객관적인 관점에서 볼 때 억지로 그런 마인드를 주입하지 말자는 것이다.

뭐든지 억지로 행동하는 것은 뒤탈을 일으킨다. 본인이야 내 마음이 긍정적인 것을 원하고 그렇게 해야 일을 제대로 할 수 있다 한들 개인적인 생각에서 끝을 내는 것이지 주변 사람들에게까지 강요하지 말길 바란다. 각기 다른 사고방식과 생각을 지닌 그들에게 본인의 생각을 강요하는 것, 가치관을 주입하는 것은 참으로 어리석은 행동이다. 그것은 자기 자신만을 위한 일이고 철저히 이기적인 행동이라고 볼 수 있다. 상대방을 위한 배려의 마음가짐이 있다면 주변 사람들을 그냥 내버려 두길 바란다.

예전 직장에서 심하게 착한 마인드를 가진 사람이 있었다.

그는 고객이 말을 하든 직원이 말을 하든 뭐든지 잘 웃고 잘 들어주고 거절하지 못하는 성격으로 처음엔 착해서 그렇다고 이해하려고 했다.

어느 날 그가 일하던 중에 실수를 저질렀고, 실수한 일에 대해 내가 따지는 일이 발생했다. 그는 얼굴에 표정 관리가 되지 않았고 늘 웃던 모습만 보던 나는 이 사람도 화를 낼 줄 아는 사람이구나 하고 깨닫던 순간이었다.

"○○○씨, 다음부턴 그런 실수 하지 마세요. 아셨죠?"

그러자 그의 얼굴에 살기 어린 표정이 비쳤고 내가 쳐다보자 애써 웃는 어색한 미소를 보였다. 난 그걸 알아차렸고 너무나 궁금한 나머지 물어봤다.

"저기요. 근데 제가 한 말 기분 많이 나쁘신가 봐요."

그는 "아닙니다. 선배님, 오해이십니다."라며 더욱더 어색한 표정을 지었다.

곧이어 나는 그에게 말했다.

"차라리 그냥 화를 내세요. 나한테 화를 내든 변명을 하든 무슨 말을 하시든 화를 내시라고요!!"

"아닙니다. 선배님, 저 화 안 났습니다."

그의 말끝에 입술이 파르르 떨리는 게 보였고 금방이라도 터질 것 같은 표정을 지었다.

그러자 난 한숨을 쉬며 말했다.

"제가 하는 말은 무작정 화를 내라는 게 아니고요. 본인 감정이 안 좋고 힘들고 화가 나면 그냥 표출하시라는 얘기였어요. 그렇게 참으

시다간 병날 것 같아서요."

그는 더 이상 말을 하지 못하고 자리를 떠났다.

그 후로 그는 그만두게 되었다.

실장님은 나에게 씁쓸한 소리를 하였다.

"네가 또 한 명 보내버렸네."

나는 아니라고 했지만 황당하면서도 직설적인 나의 말투로 인해 처음이자 마지막으로 그 사람의 진짜 본모습을 보게 된 계기가 된 것이 아닐지… 앞으로도 솔직하게 표현하며 살아가기를 바란다.

직장생활 15년 차에 접어들어서니 수많은 직원과 근무하면서 느낀 건 일로나 사적으로 내가 바르게 지적했다고 생각하는데도 상대방은 내 말을 고깝게 들을 수도 있고 어떨 때는 정말 말하기 싫어서 혹은 말해봤자 소용이 없으니까 말을 안 하게 될 때가 있다.

나는 그 사람의 실수로 인하여 직원들이 욕을 먹는 경우가 있어서 지적하는 것인데 상대방은 그것을 기분 나빠 하는 것이다. 이럴 때는 그 사람의 마음을 모르고 성격을 모르니 더 이상 노력할 점을 찾기가 힘들다.

좋아하면 뭐든지 다 좋아 보이고 싫어하면 뭐든지 다 싫어 보이고
상대방이 노력해도 내가 바뀌지 않으면 어쩔 수 없다

관계가 틀어지는 원인은 아주 단순한 문제에서 시작된다

내가 다니던 직장은 여자 직원이 남자 직원보다 훨씬 작았다.

고작 2명인 곳도 있었고 많아봤자 6명 정도였다. 이렇게 여자 직원이 적으면 잘 모르는 사람들은 둘도 없이 친한 관계일 거라고 흔히 생각한다. 그러나 실제로 친한 사람은 거의 없었다.

왜 그런가 생각해보니 여직원들은 아무래도 남자 직원들보다 예민하고 감수성 풍부하며 다들 자신만의 영역에서 다가오는 걸 싫어하는 편이기도 하고 본인들만의 비밀을 품고 있었다.

그렇다고 직원들이 모든 비밀을 의무적으로 다 공유해야 한다는 것은 아니다.

예전 직장에서 나이 차이가 얼마 되지 않는 여자 직원과 일하게 되었는데 하루 이틀이 지나고 몇 개월이 지나자 내가 모르던 부분의 얘기들이 다른 사람을 통해 나에게 들리기 시작하였다.

처음엔 황당하면서도 나에게는 적어도 귀띔이라도 해줄 수 있었던 내용이 아닌가 싶어 서운함이 몰려왔다. 점점 그녀에 대한 여러 가지 얘기들, 남자 직원들과의 썸씽something에 관한 일화들은 놀랍다 못해 어이가 없던 수준까지 이르렀다. 내 앞에선 아무것도 모르는 순수한 얼굴을 하고서 뒤에선 놀라운 이야기를 써 내려가고 있었다.

나는 원래 일하면서 내 얘기를 그렇게 마구잡이로 하고 다니지는 않지만, 그녀와 친하다는 생각에 어느 정도 얘기는 곧잘 했었는데 말이다. 여자들은 서로 공감대 형성이 되는 얘기들을 해야 빨리 친해지기 마련인데 한두 번 아니 몇십 년 동안 이런 일을 겪다 보니 이제는 알아서 걸러서 말을 하거나 안 하게 되는 상황이 생겼다. 아무것도 모르는 다른 직원들은 그래도 같은 여자인데 친하지 않냐며 아무 생각 없이 던지는 말에 이럴 수도 저럴 수도 없는 처지가 된 것이다.

여자 직원들이 많은 직장에서 일하는 사람들은 이해할 것이다. 이게 얼마나 힘든지 말이다.

그래서 그런지 난 일할 때는 남자 직원들이 편하다. 뭔가 숨기는 것도 없고 예민하지도 않고 이것저것 신경을 덜 쓸 수 있어서인데 남자 직원이라 해서 입이 다 무겁고 여자들과 다르다고 할 수는 없지만, 마음 한편으로는 편안함을 느낀다.

직장생활하면서 내가 믿었던 사람에게 뒤에서 들리는 나의 얘기들은 아주 사소하지만, 관계를 무너뜨리는 계기가 되었다. 나와 일했던 그녀들은 하나같이 비밀을 가지고 있었으며 내가 믿고 말해주었던 얘기들은 배신으로 돌아왔다. 그 결과 나는 입을 다물게 되었고 더 이상 상대와 관계유지를 위해 노력하던 모습들은 사라졌다.

물론 일부 사람들의 얘기지만 말이다. 그래서 직장동료는 단순히 동료로만 생각해야 하는 걸까. 알 수 없는 불편함으로 인해 사적으로나 친한 사이로 발전되는 것은 정말 드문 현상이 되어버렸다.

어쩌면 관계가 틀어지는 원인은 아주 사소한 문제에서 시작된다고 본다. 큰일이 아니더라도 작은 문제들이 서로 간의 불신을 만들고 어떤 이들은 복수를 꿈꾸기까지 하고 어떤 이들에겐 마음의 상처를 입고 회사를 떠난다.

내가 생각하는 직장동료와 잘 지내는 방법은 서로 너무 깊은 관계로는 들어가지 않는 것이다. 일하면서 불편함 없이 지낼 수 있는 그런 관계, 딱 그 정도의 선을 지키는 게 직장생활의 꿀팁매우 좋은 유용한 팁이 되는 것 같다. 그래야 서로가 크게 바라는 것 없이도 직장동료 간 관계 유지가 되고 여차해서 실망할 일이 생겨도 크게 신경 쓰이지도 않으니 말이다.

급할 것 없다
남들이 뭐라 해도
난 제대로 된 길을 가고 있다

기대가 실망으로 바뀌면 냉정함이 찾아온다

오랜 연인 사이였던 그녀는 남자친구와 크게 한 번도 싸운 적 없는 사이좋은 커플이었다.

남자친구의 이성 친구 문제로 조금 마음이 상해있었는데 그런 모습을 본 남자친구가 처음으로 크게 화를 내며 다투었고 서로 냉전 상태가 되었다.

화를 낸 남자친구의 모습은 그녀가 처음 느끼는 당황스러운 모습으로 알고 있던 사람이 맞나 싶을 정도의 충격을 가져다주었다. 그녀는 상처를 입었고 너무 힘들었다.

힘든 그녀의 마음도 모른 채 남자친구는 오히려 당당하게 행동했고 그녀는 뭐가 잘못된 건지 이렇게 끝이라도 날까 두려워 미안하다며 울고 불며 사과하기에 이르렀다.

전세는 역전되어 남자친구가 큰소리를 치는 입장이 되어버렸고 여자는 눈치 보기에 급급했다. 남자는 뭔가 여자친구보다 주도권을 잡았다는 우월감과 함께 아무렇지 않은 듯 행동했다.

하지만 그는 몰랐을 것이다.

여자는 그 날 이후 마음가짐이 달라졌다.

'그래… 오빠에게 이런 모습도 있었네. 하지만 두 번 다시 똑같은 행동을 나에게 보인다면 난 반드시 끝을 낼 거야. 내가 너무 힘들다….'

이런 마음도 모른 채 남자는 몇 년간 그녀를 계속 만났다.

여자는 남자가 원하는 대로 맞춰주었고 더 이상 싸움은 일어나지 않았다.

그러던 어느 날 드라이브를 하던 차 안에서 대화하다가 사소한 문제가 생겼고 남자는 예전에 했던 버릇이 나와 버렸다. 그러자 여자는 냉정해졌다.

그날 이후 남자를 마음속에서 정리하기 시작했다.

아무것도 모르는 남자는 평소와 다름없이 지냈고 얼마 지나지 않아 그녀에게 장문의 문자를 받게 된다.

바로 헤어지자는 내용이었다.

남자는 황당했다. 처음엔 여자를 잡을까 생각을 하다가도 자신도 알게 모르는 권태감으로 그녀가 하자는 대로 헤어지게 되었다. 하지만 남자는 며칠 못가 그녀에게 밤낮으로 연락을 해댔고 이미 떠나버린 여자의 마음은 두 번 다시 돌아오지 않았다.

이처럼 사랑하는 연인 사이이든 친구 사이이든 기대치가 큰 사람이 자신에게 실망감을 안겨주었을 때 누구든지 그 상황에 깊은 생각을 하게 된다. 그리고 나선 마음의 결정을 내리고 냉정한 마음이 생긴다. 어쩌면 상대의 실망스러운 모습에 기대할 것도 없고 그만큼 마음의 상처를 입어 포기상태가 되어버린 것일 수도 있다.

좋아하는 사람에겐 설렘과 기대치가 높기에 잘하려고 노력하며 애쓰다가도 마음의 냉정이 왔다는 것은 그런 애정이 줄어들어 점차 내가 덜 상처받기 위해 마음을 닫아버린 것이다.

참 슬픈 일이다. 상대에게 더 이상 기대할 가치도 좋아할 마음도 사라진다는 게….

그런 마음으로 변하기 전에 우린 상대를 한 번 더 관찰하고 유심히 지켜봐야 한다. 나 또한 상대에게 냉정함을 갖게 내버려 두진 않았는지 말이다.

불안한 마음이 생기면 그 상대에게 물어보라
그게 진심이든 가식이든 혼자만의 상상을 멈춰라 

'왜 나는 남들처럼 살면 안 돼?'가 아닌 '왜 남들처럼 내가 살아야 해?'가 맞다

어느 순간부터 '왜 나는 남들처럼 살 수는 없는 것일까?'하는 생각에 속이 상하고 답답한 마음이 들기 시작했다. 이런 고민을 누군가에게 속 시원하게 털어놓을 수도 없었고 아무도 내 마음을 몰라주는 것만 같아 하루하루가 힘든 나날의 연속이었다.

지금 생각해보면 철이 없었던 시절에 남들이 하는 것은 모두 다 하고 싶었고 할 수만 있다면 독립을 생각하며 집을 떠나고 싶은 생각뿐이었다. 남들보다는 참아야 할 부분이 많았다.

잠시 이기적인 생각은 접어두고 현실적으로 내가 할 일을 우선으로 해두고 안정적인 삶이 될 때까지만 참기로 마음을 바꿔보았다. 이따금 우울한 생각이 차오를 때마다 언젠가는 끝이 난다는 마음으로 일을 했다.

지금 내 또래의 사람들은 결혼하여 아이들을 키우며 평범한 가정생활을 꾸리고 있지만 난 아직 미혼이다. 부유한 가정생활을 하는 사람도 있고 아닌 사람들도 있지만 그들의 삶을 들여다보면 20대의 여유로운 모습은 찾아볼 수 없다.

혼자가 아닌 삶이니 아이들을 키우면서 직장을 다니느라 정신없는 생활 속에 본인의 자유나 개인적인 잠시의 여유도 허락되지 않는다. 그에 반해 난 여유로운 시간을 보내고 있다.

한때는 남들처럼 똑같은 삶을 꿈꿨고 남들처럼 살고만 싶다는 생각이 간절했지만, 지금은 내가 굳이 그렇게 똑같은 삶을 살 필요가 있었을지 의문이다. 나에겐 그들의 경제적인 부분이 제일 부러웠지만 지금 현재는 나도 자유로운 생활을 하면서 하고 싶은 건 다 할 수 있고 능력껏 사고 싶은 것도 살만한 여유가 생겼다.

예전엔 남들처럼 살 수 없었기에 그렇게 살아야지만 제대로 된 삶인 줄 알았는데 남들처럼 똑같이 살 필요가 없다고 본다.

직장생활을 하며 직장 내의 사람들과 소통하면서 듣는 말과 내가 보는 시각 내가 겪었던 일 모두가 나는 답인 줄 알았다. 그런데 이직하면서 지내다 보니 여기는 내 생각과는 전혀 다른 사람들의 세계였다. 소비하는 사람들만 봐왔던 삶에서 여기는 생활하는 공간에서 보여주는 사람들의 생활이 세세하게 다 보이기 때문이다.

분명 차이는 있었다. 돈이 많아도 불행한 결혼생활을 억지로라도 유지하는 사람들도 보았고 돈 때문에 복잡한 가정사들을 가진 사람들을 많이 보아왔다.

결론적으로 본다면 이렇게 생각하면 된다.

우리가 직장생활을 할 때 각자 개인의 가정생활은 당사자가 말하지 않으면 전혀 모른다. 회사에 나와서 주어진 일만 해서다. 그러니 겉핥기식으로 일하거나 처세하는 것에만 집중되어 있어서 단편적인 것만 보고 그 사람의 인격을 판단한다. 나도 그렇게 믿었다.

그런데 이직을 하면서 새로운 환경에서 보는 내 시각의 관점은 전혀 달랐다. 돈이 필수적인 것이지만 결혼생활의 정답에 관한 부분은 아니라는 것을 절실히 실감하였다.

난 늦게 꿈을 이룬 것도 있고 앞으로 계속 이루어 갈 것이기에 그들보다 늦었지만 내 꿈은 계속해서 현재진행형이다. 다른 누군가가 내 꿈을 원할 때까지 남들과 다른 삶을 살 것이다.

그러니 남들과 다르다 해서 비교하지 마라. 내 삶은 내 삶이고 그들은 그들이다. 늦었다 해서 늦은 것도 아니고 빠르다 해서 빨리 이룰 수 있는 것도 아니니 내 페이스대로 현실에 맞춰 살아가길 바란다.

아무도 내가 사는 인생을 뭐라 할 수 없다.

남의 인생을 신경 쓸 시간에 본인의 삶이나 한 번 더 돌아보고 좀 더 나은 삶을 살길 바란다. 그게 현명한 방법이고 후회하지 않는 삶을 살게 한다.

왜 결혼은 현실인가? 왜 연애는 비현실인가?
연애를 현실로 바꿔보니 아무도 결혼하지 않을 것 같다 

오해가 이해가 되기까지
흐르는 시간은 엄청난 고통이 수반된다

직장생활을 하며 난 풀리지 않는 숙제가 있었다.

나름대로 사회생활을 했다고 하면 많이 했을 것이라 여겨 대처하는 방식도 내 기준에서 정답이라고 확정 지은 것은 반드시 그렇게 하고 마는 성격이었다.

하지만 그런 나에게도 풀리지 않는 게 있었다. 도저히 이해가 되지 않았던 것인데 답을 내기까지 그걸 내가 인정하기까지 정말 힘들었다.

일하면서 친해지게 되는 동료직원들과 커피를 자주 마시곤 했다.

내가 좋아하는 게 커피이기도 하고 그런 만큼 챙겨주고 싶은 직원들에게는 자주 챙겨줬는데 받은 직원들을 보면 다양한 반응이 있었다. 고맙다면서 받는 사람이 대부분이었고 다음날이 되거나 며칠이 지나면 받은 직원들의 일부는 나에게 커피를 사준다.

내가 받을 걸 예상하고 커피를 준 것은 아니지만 그 뒤에 나오는 동료들의 행동은 천차만별이었다. 같이 일하는 직원이기도 하고 공평하게 주고 싶은 마음에 누군 챙겨주고 누군 주지 않는다는 말을 듣기 싫어 항상 여러 잔을 같이 사서 나눠 마셨다.

일부 직원 중에는 부담스럽게 생각하는 이들도 있고 받을 때는 잘 받다가도 끝끝내 커피 한 잔을 사지 않는 사람도 있다. 기브앤테이크give and take가 있으면 왠지 기분도 좋아지고 다음번에 또 커피를 사서 주고 싶은 마음이 커진다.

그런데 정말 이해되지 않았던 사람이 있었다.

그는 내가 커피를 챙겨주면 잘 받았고 나랑 말도 잘하고 제법 친하게 지낸 사람이었다. 어느 날 커피를 주니 약간은 걱정스러운 말투로 선배는 돈이 남아나질 않겠다며 잘 먹겠다며 인사하기도 했다.

다음 날이 되어 다른 직원에게 얘기를 듣다 황당한 말을 듣게 되었다. 내가 커피를 챙겨준 후배가 다른 선배에게는 자주 빵이나 과자를 챙겨주며 시켜먹을 땐 사주겠다며 계속해서 물어봤다고 한다.

비교를 해보니 내가 후배에게 받은 것은 초라했다.

약간 황당하기도 하고 서운한 감정도 느껴지고 매번 내가 커피 하나만큼은 자주 챙겨주며 친하게 지내는 사이인데 무언가 나에게 돌아오는 것이 없다는 느낌이 든 것이다. 그 후배는 다른 선배를 많이 챙겼고, 그 다른 선배도 후배에게 받은 게 미안하니 몇 번 챙겨줬다 한다. 그 사실을 몰랐던 나는 계속해서 그 후배를 챙겨댔다. 그러니 이상하게 기분이 좋지 않은 것이다. 나한텐 빵 같은 건 물어보지도 않던데 내가 생각을 잘못한 건가 싶어 머릿속이 혼란스러웠다.

사람이 참 유치한 게 사태가 이렇게 흐르니 내가 후배에게 사줬던 커피 값이 머릿속으로 스쳐 지나가고 거기에 비하면 다른 선배에게 준 빵값은 얼마 정도 되겠지 라며 비교가 되기 시작했다. 나중엔 짜증이 났고 난 바보, 호구였나 싶은 생각이 들면서 이해가 가지 않는 것이다.

나는 너무나 궁금해서 그 후배에게 물어보았다. 후배는 어이없어 했고 내가 유치하다고 했다. 다들 똑같이 고생하고 하니 그 선배를 챙겨 준거라며 졸지에 난 속 좁고 이기적이고 쪼잔한 선배가 되고 말았다.

난 머릿속이 하얘지면서 말한 것을 후회했다.

'그 선배는 챙겨주면서 나도 같이 챙겨 줄 수는 없었던 건가? 내가 너랑 더 친한 거 아니었나?'

이런 생각이 들면서 점점 생각은 꼬리에 꼬리를 물고 미궁 속으로 빠졌다.

정말 스트레스였다. 이게 뭐라고 짜증이 나는 것이며 왜 난 자꾸 스트레스를 받는 것인가.

정답은 생각의 차이였다. 그 후배가 나이를 먹고 사회생활을 좀 더 많이 했던 사람이라면 차별성을 두지 않고 똑같이 사람들에게 베풀어야 하는 것이 맞는 것이다.

나와 다른 선배를 놓고 봤을 때 이성적인 감정을 배제하더라도 나보단 편했던 상대라고 생각했기에 챙겨주었었다. 그러니 나를 부담스럽게 느꼈을 수도 있다.

말은 대놓고 못 하고 행동이 보여준 케이스case나 마찬가지였다.

다른 예는 상대를 내 편으로 만들기 위해 좋은 이미지를 구축하기 위해 챙겨주는 것이다.

챙겨주는 상대가 단순한 사람이라면 후배는 본인의 목적을 달성하기 위해 사람 좋은 이미지로 다가가 무언갈 자주 챙겨줌으로써 자신이 좋은 사람이라는 인식을 심어줄 수 있다.

'남들이 다 욕해도 그 사람 나한테는 좋은 사람인데?'

이런 사고방식이 생기게끔 하는 것이다.

실제로 다른 선배는 후배를 붙임성이 좋은 사람이라며 말을 했고, 주입식 교육처럼 나에게 자주 뭔가를 사주는 사람은 좋은 사람이고 괜찮은 사람이라는 생각이 들게 했다.

결론은 상대에게 무언갈 해주고 돌아오는 게 무엇인지 확인하면 상대가 날 어떻게 생각하는지 알 수 있다. 그러니 서운해할 필요도 이해 못 할 필요도 없다. 각자 사고방식의 차이라고 생각하면 되고 내 방식이 옳다며 굳이 상대에게 주장할 필요도 없다.

이건 본인 스스로가 사람 관계 속에서 대처하는 방법으로 어떤 게 옳은 건지 처세를 어떻게 해야 사회생활을 잘하는 건지 깨쳐야 한다. 이런 식으로 편한 상대만 골라 회사생활을 하다 보면 결국엔 주변에 누가 남겠는가. 언젠가는 잘해주던 상대는 사라지고 실속 없는 사람들로만 주변에 남게 된다.

'호이호의가 계속 되면 둘리가 된다.'는 말이 있다.

말장난같이 들릴지라도 이 말이 일리가 있는 말이다.

내 주변에서 나에게 잘해주는 사람이 있다면 적어도 그 성의를 무시하진 말자. '그럼 나도 똑같이 안 해주면 되지 않나?'라고 생각하는 사람들은 참으로 단순함의 끝판왕이다. 맞는 말이다. 그런데 굳이 나도 똑같이 그들과 같이 행동할 필요가 있을까. 어떻게 사람을 상대하고 처세하느냐는 본인의 할 몫이다. 내가 좋아하고 선호하는 사람만 만나고 싶어도 현실은 그렇지 않다.

이 세상에 어딜 가나 성격 좋고 사람 좋은 회사로만 구성된 조직은 없다. 어느 곳에 소속되어 일하게 되는 순간 상대가 싫어도 같이 가야 할 운명이다. 계산적인 마음으로 사람을 상대하면 그것은 눈에 띄게 마련이고 상대방도 똑같이 나에게 계산적인 방식으로 돌아오게 된다.

목적이 없는 평등한 호의는 내 주변의 사람들을 다가오게 만들고 서로에게 도움을 주고 싶은 마음을 가지게 하며 끈끈한 동료애가 만들어지는 반면, 목적이 있는 편파적인 호의는 원하는 상대에게 호감은 살 수 있으나 목적이 달성되면 그것으로 끝인 관계가 된다. 오해를 이해로 인식하기까지는 감정적인 소모가 상당하기에 답답함과 피로감으로 오는 스트레스가 상당하다.

'네 생각이 틀린 게 아니고 나와 다를 뿐이다.'

항상 이 말을 가슴속에 새기고 사람들을 대하라. 누군가를 위해서가 아닌 오로지 나를 위해서 말이다.

주변사람에게 너무 잘해주지 마세요.
나도 그 사람 중에 한사람 같으니깐.
난 친절과 착각을 구분 못해요. 아시겠어요?

어느덧 내 나이
선 결혼 후 연애가 되어 버렸다

내 나이는 어느새 30대 후반을 향하고 있다.

정말이지 난 내가 이렇게 나이가 들지 몰랐다. 아니면 솔직히 인정하기 싫은 건지도 모르겠다. 내 나이 또래 친구들 지인들은 다 결혼한 상태이고 손에 꼽을 정도로 미혼은 이제 없다. 요즘 시대에 결혼이 다는 아니지만, 언제부터인지 모르게 나도 조급함이 생기기 시작했다.

주변에서 결혼하라는 압박을 많이 하진 않지만 내가 느끼기에 결혼할 나이는 훨씬 지난 느낌에 괜스레 씁쓸함이 몰려오기도 한다. 연애도 해볼 만큼 해봤고 설레는 감정으로 만난 사람들도 있었지만, 결혼으로 이어지지 않은 걸 보면 내 인연은 아니었던 것 같다.

20대 중반과 30대 초반 다르듯이 30대 후반은 또 다른 느낌이 든다. 이제는 아무도 날 좋아할 것 같지도 않고 행여 날 좋아하는 사람이 있다 해도 끝까지 함께 할 자신이 없다. 결혼은 현실인데 현실을 같이 바라보고 함께 할 사람이 아직 없다는 게 서글퍼지기도 한다.

서로 상호보완해가며 존중할 수 있는 사람, 외모보다는 성격이 맞는 사람, 나를 아껴주고 사랑해줄 사람, 평생을 함께할 사람을 찾는 것이기에 더욱더 힘든 일인지 모르겠다.

행여나 이런 생각이 힘들어 주변인들에게 물어보면 다들 아직 괜찮다며 그렇게 나이 들어 보이지 않는다며 위로의 말을 건네주지만 정작 나는 이런 말들이 가슴에 와닿지 않는다.

이젠 정말 누구를 만나야 하는 건지. 단순한 연애감정을 가지고 결혼을 한다는 것도 참으로 무모한 짓인 걸 알기에 좋아하는 사람이 생기더라도 마음을 접어버리는 일이 허다하다. 내 곁에 있다가 누군가 떠나면 이젠 붙잡지도 못한다.

'그래… 너도 가는구나. 너랑 나랑 가는 길이 다르니 가는 거겠지….' 라며 일찌감치 포기하게 되어 혼자 상처를 받는 일도 다반사였다.

이런 답답한 마음을 풀기엔 아직 난 성숙하지 못한 것 같다. 나이만 먹었지 철없는 아이인 건 여전한 것 같아 한숨만 나온다. 남들은 다들 결혼해서 잘 살고 아기 낳고 행복한 가정을 꾸리며 사는데 나는 과연 저런 것이 행복한 삶인가 하고 끊임없는 자문자답을 하곤 한다.

그렇지만 결혼은 꼭 해야 하는 것만은 아닌 것 같다.

필수라기보다 선택이라는 생각이 들어서일까. 결혼적령기가 지난 나이인 건 맞지만 굳이 내가 남들 하는 걸 보고 나도 해야겠다고 해서 따라 하면 실패하는 경우를 많이 보았기에 내가 책임감을 지니고 이 사람과 함께라면 서로가 도움이 되고 서로 발전을 주고 밀어주는 서포트support가 되어주는 사람이 결혼상대자가 되어야 옳다고 생각한다. 물론 사랑하는 감정을 가지고서 말이다.

나를 아껴주고 사랑해줄 수 있는 존경할 수 있는 사람을 앞으로 만날 수 있을 거라 믿고 오늘 하루를 마무리해본다.

언젠가는 꼭 나타나겠지….

포기하지 마라
조금만 참으면 삶도 사랑도 미래도 뜻대로 이루어진다

아무리 생각해도 답이 나오지 않는다면 정리가 답이다

난 항상 누군가를 사귈 때 우리 관계가 명확한 것인지 확인하고서 만남을 지속한다.

확신이 있어야 나도 상대에게 마음을 줄 수 있기에 대부분의 사람들도 나와 같은 선택을 많이 하리라 본다. 그렇지만 내 생각과는 다르게 판단하는 사람들이 있었다. 굳이 어떤 사이라고 확정 짓기 전에 만나고 만나다 보니 사귀는 사이가 되어 버린 것이다.

이런 경우는 양반이다. 어떤 경우는 사귀는 줄 알았는데 아무 사이도 아니었고 어정쩡한 관계에서 정리가 되는 상황도 생긴다. 남녀 사이 한참 설레는 감정에서 썸탈 땐 왠지 이 관계가 발전하리라 믿고 상대가 말하든 본인이 말하든 '우린 무슨 사이야?'하고 묻는 순간 관계가 깨지는 경우도 더러 있다.

과연 이런 사람들의 심리가 무엇인지 난 참으로 궁금했다.

좋아하지 않으면서 사귀고 애인처럼 행동하면서 알고 보니 그 사람에게 애인이 있는 황당한 경우는 대체 어떻게 생각을 해야 하는지 골머리가 아팠다. 그냥 이 사람이 좋으면 만나고 만나다 아니면 헤어지고 다른 사람을 만나는 게 맞는 것 같은데 정리가 안 된 상태에서 이 사람 저 사람 다 만나고 다니다 결국은 자기 애인에게 돌아가는 경우 어떻게 생각해야 하는 걸까?

연애상대자는 두 부류가 있다.

하나는 정말 외로워서 남녀가 같이 육체까지 공유하는 사이라야 연애라고 생각하고 또 하나는 서로 머릿속으로 계산해 가면서 상대를 저울질해가며 만나는 연애이다. 그러면서 서서히 시간이 지나가더라도 차근차근 조심스럽게 상대를 관찰하면서 진행을 해 나가는 커플들도 있다.

연애의 기준은 시대적으로 조금씩 차이가 나는 것 같다.

내가 30대라 그런지는 몰라도 주변의 20대들이 연애하는 과정을 한 번씩 나에게 말을 할 때면 이해가 안 가는 부분이 많다. 이게 세대 차이인가 할 정도로 말이다. 20대들은 사람 만나는 것을 너무 쉽게 생각하고 빨리 끝낸다. 시작도 빠르다.

그런데 30대는 좀 더 신중하게 생각하고 상대를 몇 발짝 뒤로 물러

나서 보게 된다. 그러니까 시작도 더디고 끝내 포기하는 경우가 많다는 얘기가 된다. 쉽게 말해서 결혼으로 이어지지 않을 거면 아예 내 감정을 소진하면서까지 투자를 안 한다는 것이다.

하지만 이 세상엔 정말 다양한 사람들이 존재한다.

누군가는 쓰레기라 불릴지라도 비밀스럽게 감행되는 이 모든 만남이 결국엔 상처로 남고 서로에게 득이 되지 않을지라도 없어지진 않는다. 사회가 나서서 없애 줄 수도 없다. 결혼 전 여러 사람을 만나고 걔 중에 바람을 피우고 양다리를 걸쳤다 한들 우리가 결혼한 사이도 아니고 아무런 문제 될 건 없다는 것이다.

이것은 사람 인성의 문제인 것이다.

이 사람들이 결혼해서 고쳐진다면 참으로 행복한 삶이겠지만 대다수 보면 개가 똥을 끊지 못한다. 심하면 이혼을 선택하게 되고 가정이 파탄 난다.

요즘은 세대가 바뀌었기에 내가 당장 죽을 것 같이 힘든데 결혼생활을 유지하려 애쓰지 않는다. 이혼한 가정이 되면 자식들에게 영향을 끼칠 걸 알지만 본인들의 삶을 중요시하는 세대이다. 많고 많은 사람의 성향과 그들의 패턴을 다 이해하기에는 혼자 감당해야 할 머리로는 부족한 것이다.

그냥 이해하려 들지 말고 사고방식이 완전히 다른 사람으로 생각하는 것이 맞다.

그런 상대에게 화가 난다고 욕을 할 필요도 없다. 원래 그런 사람을 내가 화내고 욕한다고 바뀌겠는가. 사람은 절대 바뀌지 않는다. 다만 바뀌려고 애쓰는 척 보일 뿐이다. 그럴 땐 그 사람을 내버려 두는 것이다. 집착과 욕심으로 상대를 붙잡아두면 머리를 써서 더욱더 빅픽쳐[큰 그림]을 그리며 차후에 당신에게 빅엿[큰 화]로 돌아올 것이다.

아니다 싶으면 그냥 정리하라.

아니면 무한정 내가 참는 인생을 살 수밖에 없다. 지금 당장은 정리하는 게 힘들어 죽을 것 같겠지만 정말 그 시기를 잘 견딘다면 새로운 인연이 들어온다.

정리 후에 들어오는 사람이 진짜배기이다. 아무것도 정리되지 않은 상태로 이 사람 저 사람 다 만나다 보면 결국은 그 정리되지 않는 사람으로 인해 좋은 인연과 기회도 지나가고 극심한 스트레스에 내 몸만 아프다. 남녀 간 스트레스를 받으면 그것만큼 미치는 것도 없다.

왜 사람들이 정신병원을 찾겠는가. 요즘은 정신이 이상해서 가는 사람은 별로 없다. 이런 남녀 간 헤어짐의 후유증으로 인한 우울증 또는 불면증으로 인해 찾는 빈도수가 굉장히 높아졌다.

스트레스를 받지 말고 자신의 건강을 되찾아서 오래오래 살고 싶다면 신경 쓰이게 하는 사람을 정리하라. 그 누구보다도 나를 위해서 말이다.

지나간 인연에게 미련만큼 어리석은 감정은 없다
앞으로의 인연에게 미련하리만큼 잘해주면 된다 

내가 상대에게 받은 게 있다면
모른 척 넘어가지 말고
나도 상대에게 베풀어야 한다
세상에 공짜는 없으니 말이다

사회생활을 하다 보면 상대와 서로 주고받는 일이 생긴다.

그게 선물이든 밥이든 술이든 누군가는 사고 다른 누군가는 받는 사람이 되는데, 때에 따라 상대에게 고마움을 느끼기도 하고 부담스럽게 느끼기도 한다. 일단 내가 먼저 무언가를 받았다면 빚을 진 거나 마찬가지이기 때문에 무슨 방식으로든 대가를 돌려줘야 한다.

'안 줘도 되는데? 굳이 내가 뭐 하려고?'라고 생각할 수 있으나 그게 공짜라고 생각해선 절대 안 된다. 이 세상에 공짜로 누가 밥을 사주고 누가 선물을 해준단 말인가. 베푸는 이는 상대에게 무한정 주는 것 같지만 그건 본인 위주의 생각이고 갚아야 하는 게 세상 이치다. 물론 주는 사람은 안 받을 거라 하고 줄 수도 있다. 하지만 받는 사람은 그걸 이용해선 안 되는 것이다.

나도 여태까지 살면서 이런 문제가 화두가 되어 고민한 적이 참 많았다.

'나는 주는데 상대는 왜 안 주는 걸까?'

이것이 연인관계일 경우는 더욱더 애매한 상황이 생기고 계산을 할 수밖에 없다.

'내가 밥을 사고 영화를 보여줬으니 커피값은 내겠지.'

어찌 보면 유치하지만 이런 사소한 생각들이 쌓이다 보면 나에게 돌아오는 게 없다 싶을 때 한번은 싸움이 나게 되어 있다. 쪼잔해 보일지라도 유치해 보일지라도 세상에 공짜는 없는 것이다.

서로가 주고받으면 그게 관심의 표현이 되기도 하고 내가 이 사람에게 인정을 받는 느낌이 들기도 하니 마냥 빚 갚듯이 갚아준다는 생각은 버려야 한다. 하지만 이런 걸 아주 당연하게 여기거나 누군가가 이 문제를 걸고넘어지면, '누가 해달라고 했나? 치사하다! 되게 생색내네.'라면서 적반하장으로 화를 내는 사람들이 있다.

정말 부탁이지만 제발 그러지 마라.

그런 생각은 순수한 네 생각이고 상대가 받길 원하면 해줘야 한다. 물론 저런 말이 나오기 전에 알아서 해주는 게 상도덕이긴 하지만 말이다. 내가 상대에게 베풀 때는 그냥 받는다는 생각을 안 하고 준다.

그런데 어떤 사람들은 받기를 거부하는 사람도 있었다.

이런 경우엔 뭔가 섭섭한 마음이 들기도 하고 의문이 들기도 했는데 가만 생각해보면 무언가 해줘야 하는 부담감이 싫어 진작에 받지 않는 것이란 생각이 들었다.

서로 일하면서 고생하니까 또 주는 것이 기분 좋은 나이기에 그냥 주는 것이다. 그러다 보면 다음 기회에 다른 사람이 사서 돌리기도 하고 또 그런 여유시간을 갖게 되는 것이다. 이런 사고방식을 이해하지 못하는 사람들도 있지만 무언가를 바라고 행할 것이라면 아예 아무것도 안 하는 것이 낫다고 본다. 괜히 어설프게 계산하다가 혼자 머리 아프고 마음 상하고 삐지는 상황이 생겨서는 안 되니까 말이다.

연인관계나 직장동료, 친구와 좀 더 돈독한 유대관계를 형성하고 싶다면 받은 것을 잊지 말고 다음 기회에 어떤 방식으로든지 꼭 보답하길 바란다.

옛날 말에 '공짜 좋아하면 대머리 된다.'라는 말이 있다.

당신도 모를 일이다. 혹시 탈모가 시작되진 않았는지 거울로 살펴보길 바란다.

직장 내에선 친한 척
직장 밖에선 모른 척
퇴사 후에는 남이다

난 단지 명확한 관계를 원했는데 그게 무엇이든 조금이라도 기대했던 내가 어리석었다

"서로에게 부담이 되는 만남이라면 내가 더 이상 연락하지 않을게."

여자는 남자에게 이별을 통보했다.

남자는 그런 여자에게 이런 결과가 될지 알고 자신을 만난 것이 아니냐며 여자에게 원하는 대로 해주겠다고 했다.

그리고 덧붙여,

"연애든 마음이든 결혼이든 급급해하지 마. 나는 그런 느낌을 잠시나마 받았고 좋은 남자를 만날 수 있을 거야."라고 했다.

이게 무슨 말인가. 사내에서 만난 지 얼마 안 된 그들에겐 한가지 문제가 있었으니 남자에게 애인이 있었다. 처음엔 남자가 다가왔고 점점 여자가 더 좋아하게 됐다. 알고 있는 사실이지만 제발 마음속의 말들은 안 했으면 싶었다. 항상 불안했던 관계 누구 하나가 그만두면 아무도 모를 것 같은 관계이기에 책임감이 없을 수도 있다.

하지만 여자가 그에게 듣고 싶던 한가지는 진심이었다.

잠시나마 한순간이라도 조금이라도 좋아했던 감정 말이다. 늘 여자는 남자의 연락을 기다렸고 연락을 하지 못할 때는 너무나 괴로웠고 보고 싶었으나 말은 할 수 없었다.

혼자만의 사랑이 되어버린 것을 느끼고 이별을 말한 것이다. 그가 애초부터 솔직하게 말해주었다면 이렇게 마음이 아프진 않았을 것이다.

"우리 한 번씩 만나서 잠만 자요."

"우리 관계는 그 이상 그 이하도 아니에요."

"여자친구를 정리할 생각이 전혀 없어요."

"그러니 행여나 내 마음을 오해하지 마세요."

"그런 관계를 유지할 자신이 없으면 만나지 마요."

라고만 했어도 이렇게 마음이 아프지는 않을 텐데 어정쩡한 만남에서 서로 솔직하지 못했다.

그는 자존심이 센 사람이었고 안정적인 본인의 생활패턴을 유지하고자 했다. 몰래 다른 사람을 만나려고 하면 계획을 추진할 수 있는 사람이었다. 이성적인 사람이었고 여자의 마음을 잘 알고 있는 끼가 많은 사람이었다.

여자는 그런 그를 잘 몰랐다.

한 가지 확실한 건 그는 그녀를 자기 곁에 두고 싶어 했다. 헤어지더라도 인사를 하며 가끔 안부 물을 수 있고 고민 상담도 가능한 그런 관계 말이다.

여자는 힘들었다. 이런 똑같은 패턴을 반복하는 건 죽어도 싫었다. 그런 만남은 더 좋아하는 사람이 상처받는 일이 생길 것이 불 보듯 뻔했다.

여자는 답답했다.

'나에게만큼은 솔직하지 그랬어. 그걸 이해 못할 만큼 답답한 여자는 아닌데 말이야.'

모든 게 눈에 보이는 행동이었는데도 불구하고 마지막까지 그에게 하고 싶은 말을 다 하지 못했다. 마지막이라도 나를 향한 진심이 한 번이라도 있었는지 알고 싶었다.

하지만 여자는 끝내 듣고 싶은 말은 들을 수가 없었다.

정리했지만 이걸 정리라고 해야 할지. 어쩌다가 여기까지 왔을까 하는 의문과 함께 시간이 흐르자 자책하고 후회하는 마음으로 인해 가슴이 아팠다.

'그래… 모든 게 다 내 탓이야. 내가 선택한 건데 누굴 원망할까? 여태까지 그 사람 없이도 잘 살아왔어. 단지 원래대로 시간을 돌리는 것뿐이야….'

그와 만나면서 계속 고뇌하는 시간 속에서 헷갈림, 망설임, 양심이 하루에도 수천 번씩 왔다 갔다 했으니까. 그와의 관계를 발전시키고 싶다기보다 누군가에게 사랑받고 싶었고 외로웠던 마음을 그렇게나마 채우고 싶었던 것일지도 모른다. 이미 엎질러진 관계에서 포기했던 마음이지만 자꾸 뒤돌아보게 된다.

여자는 연애할 때 끊임없이 남자에게 사랑한다는 말을 확인하고 싶어 한다.

남자는 여자를 생각할 때 결혼상대자는 안식처 같은 여자를 선택하고 연애 상대는 즐길 수 있는 여자를 선택한다. 연애 중에 깊은 관계임에도 불구하고 남자가 여자에게 사랑한다는 말을 하지 않는다는 것은 결혼까지 갈 마음이 없다는 것임을 명심해야 한다. 그렇다면 거짓으로 남자가 상대에게 사랑한다고 말했다고 치자. 진심인지 아닌지 그건 본인이 잘 파악해야 한다.

진짜 좋아하면 상대를 편히 대할 수가 없다
그럴 수 있는 사람들은 내 감정을 숨기고 대하는 것 

너와는 끝인 줄 알았는데
다가서서 오는 걸 막지도 못하고
정말 싫은데 또 흔들리고
그래도 봐서 좋다는 생각이나 하고 있고
비참하다. 내 마음

사내커플의 이야기이다.

좋은 시간도 잠시 둘은 헤어지게 되었고 난감한 상황이 발생했다.

아무도 모르는 이 둘의 관계지만 그녀는 앞으로 어떻게 그를 볼 것인지 불편하다는 생각이 들어서였다. 어쩔 수 없이 함께 일하게 되었고 보고 싶지 않아도 볼 수밖에 없었다.

일부러 마주치지 않으려고 피해 다니던 그녀는 맞닥뜨릴 수밖에 없는 상황에 놓이게 되었고 남자는 아무렇지 않은 듯이 마치 기다린 사람처럼 적극적인 모습으로 다가왔다.

시선을 피하려고 애써봐도 남자의 얼굴이 눈에 들어왔고 고개를 숙이고 바닥을 바라보자 그의 옷차림이 눈에 띄었다. 어쩔 수 없이 눈을 쳐다보았는데 갑자기 심장이 미친 듯이 뛰었다. 그녀의 그런 모습이 들킬세라 급히 용건만 말하고 고개를 돌려버렸다.

남자는 주어진 일을 처리하고 그녀에게 전화했다. 놀란 마음을 부여잡고 그녀는 전화를 받았고 업무에 관한 말을 하였다. 그녀는 전화를 끊고 두근거리는 심장을 진정시키느라 숨을 조금씩 고르게 쉬었다.

갑자기 눈물이 쏟아지려 했다.

'도대체 내가 왜 이러는 거지? 우린 끝났잖아…. 심장은 또 왜 이렇게 뛰는 거지?'

그녀는 그 순간 깊은 깨달음을 얻었다.

아직도 남자를 잊지 못했고 얼굴을 보자 예전 감정이 다시 살아나기 시작했고 가슴이 아팠다. 여전히 좋아한다는 사실을 깨달은 채 말이다. 그것은 참 비참한 마음이었다. 남자는 정말 아무렇지 않아 보였기 때문이다.

'이런 상황에서도 저 남자가 좋다니 내가 미친 것인가.'

그녀는 더 이상 남자와의 관계를 유지할 수 없어 고심 끝에 힘겹게 헤어졌지만 솔직한 감정은 그게 아니었다. 그가 너무 보고 싶었고 안 보이면 온종일 생각이 났다. 일이 손에 잡히지 않아 혼자 먹먹하고 속상한 마음에 혼자 울기도 많이 울었다.

'이게 아닌데….'

겉으로는 아닌 척 애썼고 남들이 보기에 흔한 이별이지만 앞으로 새로운 인연이 다가올지 어떤 사람을 만나야 하는지 앞날을 도무지 알 수가 없었다. 용기도 없었고 누군가가 날 좋아할 사람이 나타날지도 의문스러웠다.

남자가 가고 나서 여자는 너무나 마음이 아팠다.

'다시 예전으로 돌아가고 싶다.'

하지만 돌아가긴 너무 늦었고 이루어질 수 없다는 현실의 벽에 부딪혔다.

이렇게나 가슴이 아픈데 너무 비참했다. 누군가가 그랬다. 사랑은 구걸이 아니라고. 혼자 바라고 요구하는 것은 구걸이라 했다.

'제발 나 좀 봐달라고. 나 좀 사랑해달라고.' 서운한 마음에 모진 말도 해보고, 본인을 스스로 이해시키려고 했던 수많은 모습은 사랑이라기보다 구걸에 가까웠다. 언제까지 이런 상황을 지켜봐야 하는 걸까.

많은 남녀가 사내연애를 하고 헤어지기를 반복한다.

그중에서도 남녀 사이에 헤어짐의 여파가 제일 큰 곳은 직장이 아닐까 싶다. 안 볼 사이도 아니고 계속 봐야 하는 고통과 그걸 견디지 못하면 누군가는 그만둘 수밖에 없는 상황이 서로에게 상처가 되는 결과로 돌아오기도 한다.

그렇다고 공개적인 사내연애가 되면 주변인들의 감당하기 힘든 말들과 듣기 싫은 소리를 일하러 와서 연애질한다며 참견을 놓기 일쑤이고 둘 사이에 많은 오해와 말들이 생기기 마련이다. 그래서 웬만하면 사내연애를 지향하진 않지만 서로 일하다가 힘든 일을 겪었을 때 누구 하나라도 도와주며 의지가 된다면 비호감이 아닌 이상 사랑에 빠지기 쉽다. 혈기왕성한 남녀가 같은 공간에 온종일 얼굴만 보고 있어도 이성적인 감정이 떠오르니 말이다.

조선 시대에도 사건은 많았다.

양반 딸과 노비와의 스캔들scandal, 양반가와 기생의 스캔들 등등 많은 일화가 있지 않은가. 오죽하면 그 옛날 남녀칠세부동석이라는 말이 있었겠는가.

철이 들 나이가 되면 시키지 않아도 이성에 눈을 뜨기 마련이다.

어쩔 수 없는 본능이다. 이걸 막겠다고? 사내연애가 많아지는 데는 이유가 있다.

예를 들어보자.

산에 등산을 가게 됐는데 누군가가 힘들다고 할 때 어떤 사람이 손을 잡아 주면서 같이 올라가자고 격려를 해준다면 얼마나 든든하겠는가. 감정이 절로 싹틀 수밖에 없다.

문제는 이것이 고마운 감정인지 정말 내가 사랑을 느낀 감정인지 이걸 구분해야 한다. 사내연애가 실패할 확률이 높은 것은 등산하는 남녀의 감정으로 가는 마음이기 때문이다.

누구를 만나는 것 보다 헤어지는 게 제일 힘든 일인 것처럼 오늘도 이별하는 모든 이들에게 위로를 건네본다.

지금은 힘들지만 중요한 것은 내 마음을 어떻게 다스리냐에 따라 힘든 시기를 잘 견딜 수 있을 것이다. 당장에 새로운 사람을 만나기 보다 내 마음을 나 스스로 잘 달래주고 괜찮다고 그럴 수도 있다고 위로하며 마음을 다독이는 것이 그나마 힘든 시기를 잘 견뎌낼 수 있는 버팀목이 될 것이다.

감정이 무뎌질 나이 그딴건 없다
좋은 사람이 나타나면 두뇌와 몸이 반응한다

끼는 선천적인 재능이다
아무리 노력한다 한들
타고난 걸 이기진 못한다

이 세상에는 특출난 끼를 가지고 태어난 사람들이 많다.

연예인처럼 타고난 기질이 있어 많은 사람 앞에서 춤이면 춤 연기면 연기 노래나 진행능력 등 끼를 선보이는 사람들이 많다. 이런 사람들은 선천적으로 기질을 타고난 사람과 후천적인 사람들로 나뉘는데 선천적인 재능을 보이는 이들을 신동이라 부른다.

누군가 가르쳐 주지 않아도 스스로 끼를 선보이며 사람들에게 놀라움과 즐거움을 선사한다. 일각에서는 너무 어린 나이에 성숙하다 못해 숙성된 아이들의 모습을 안 좋게 보는 이들도 있지만 타고난 재능을 숨기기보단 드러내는 것이 좋다고 생각한다.

다만 끼가 있다 하여 모두 연예인이 될 수는 없다. 누군가는 시도하다 그만두고 시도조차도 못하고 다른 길을 선택해서 살아가는 사람들이 많기 때문이다. 요즘은 이러한 재능을 가진 사람들로 엔터테인먼트는 포화상태이고 아이돌 연습생들은 너무 많아 셀 수 없을 지경이고 지금까지도 어디선가 끊임없는 연습을 하고 있다. 무명생활을 오래 겪고 있는 연기자나 MC, 가수들도 어마어마하다. 이런 그들의 존재 자체도 모르고 우리는 살아간다.

하지만 끼가 있는 사람들은 어느 곳에서나 두각을 드러내기 마련이다.

판매직을 하는 사람들도 남다른 끼로 고객들을 끌어모으며 장사의 신이 되기도 하고 회사에 다니는 평범한 사람들도 회사의 분위기 메이커maker가 되기도 하니 말이다.

남들이 잘 모르는 이러한 끼를 잘 활용해야 인생을 살아가는데 후회 없는 삶을 살 수 있다. 나는 이렇게 많은 끼를 가진 사람들이 분출하지 못하고 평범하게 살아갈 때 부작용이 생기는 걸 보곤 했다. 음악적으로 뛰어난 기질이 있던 남자는 노래로 오디션에도 붙고 승승장구할 앞날을 원했는데 현실은 냉정했다. 앞으로 살기 위해 그는 평범한 삶으로 돌아가야만 했다.

매일같이 무의미하던 삶을 살던 그는 그러한 끼를 여자를 만나며 우연히 이용하게 되었고 그의 노래 실력에 반한 그녀들은 첫눈에 반하기 일쑤였다. 더불어 그의 화려한 언변은 여자들의 마음을 움직이기 충분했다. 그의 인생은 여자가 빠질 수 없는 삶이 되어버렸고 늘 끊임없이 주변에 여자가 있었다. 결혼생활도 순탄치 않아 이혼의 아픔도 겪게 된다. 무엇이 잘못된 것일까.

음악의 재능이 있다 한들 모두가 성공한 삶을 살 수 있는 건 아니니 억지로 눌러가며 살려고 해도 어느 방법으로든 그 끼는 표출이 되는 것이다. 그 방법이 이성이 될 수 있고 학생이라면 소위 노는 학생으로 변질할 수도 있는 것이다.

현실 세계와 이상적인 삶의 갭gap의 차이를 인지하지 못하면 이런 루틴이 무한 반복으로 발생하게 된다.

제일 좋은 방법은 자신이 생각할 때에 끼를 어떤 방법으로 잘 활용할 것인지 생각을 해보는 것이다. 끼가 있다 하여 나의 꿈을 굳이 연예인으로 선정하지 않아도 평범한 삶을 살아가면서 자연스레 녹아들게끔 방향을 정하는 것이 현명한 방법이다.

물론 이건 쉬운 일은 아니다. 다만 그 끼의 방향을 잘못 정해 유흥이나 이성 간의 문제로 발전하게 되면 본인의 삶과 상대의 삶을 망칠 수도 있다는 사실을 명심하길 바란다. 아울러 타고난 재능을 좋은 방향으로 정해두고 활용하는 연습을 반복해서 한다면 생을 마감할 때까지 후회 없는 삶이 될 것이다.

과거를 잊는다고 없던 일이 되진 않지만
현재의 기억으로 끄집어 내봤자 피곤타 

깊이 상처받은 마음은
어떤 그 무엇으로도 치유할 수 없다
상처 줬던 상대의 진심 어린 말 한마디면
금방 나아지는데 말이다

살아가면서 우리는 스트레스를 많이 받으며 살아간다.

직장에서나 가정에서나 인간관계에서 받은 스트레스는 일상 속에서 늘 존재하고 있다.

각기 다른 성격에 스트레스를 받아도 금방 풀어버리는 사람이 있는 반면에 속에 담아두고 오랫동안 풀지 못하는 사람들도 있다. 스트레스의 해소방법은 여러 가지가 있는데 그 무엇도 완벽하게 해소하는 방법은 존재하지 않는다. 노래방에 가서 노래를 불러도 그때뿐이고 혼자 있는 시간엔 다시 고통의 시간이 찾아온다.

술을 마셔도 마찬가지이다.

수많은 고민과 생각들이 꼬리에 꼬리를 물고 늘어지면서 혼자 자책하는 마음도 커지고 가슴에 새겨진 작은 상처의 크기는 점점 더 커진다.

특히나 사랑하는 사람에게 받은 상처로 괴로움을 느끼면 그것만큼 힘든 일은 없다. 무엇인가 나를 오해하는 것 같고 잘못은 내가 한 게 아닌데 상대가 인정하지 않아 대화로 풀려 해도 상황이 커져 버리면 수습하기도 힘들어진다. 그런 상황에 서로 자존심도 있으니 누구 하나 지지 않고 주장한다면 끝을 보는 경우가 생기기도 한다.

이처럼 이별의 아픔을 겪게 되면 일상생활이 너무나 힘들다.

직장 내에서는 일만 하는 로봇처럼 일하고 밥도 먹는 것인지 마는 것인지 입맛도 없고 한가지 생각에 꽂혀 평소에 하지 않던 실수까지 한다. 이런 상황을 모르는 주변 사람들은 대체 왜 저러는지 이유를 몰라 뒤에서 욕을 하기도 하고 눈치 없이 질문을 자꾸 던지는 사람들도 있다. 이럴 때일수록 마인드 컨트롤mind control을 하면서 시간이 지나가기를 바라지만 시도 때도 없이 생각이 나 갑자기 눈물이 나오는 상황에는 자기 자신이 더욱 비참하게 느껴지기도 한다.

아무리 노력해도 상황은 나아지질 않고 아닌 걸 알면서도 상대에게 미련이 남아있다면 아닌 걸 알지만 기대를 하게 된다.

혹시나 하는 마음에 퇴근길 회사 주변이나 집 앞에서 두리번거린다. 아이러니하게도 이런 마음은 상대에게 많은 걸 바라진 않아도 한 번쯤은 아무 말 없이 다가와서 그냥 안아주었으면 하는 기대치였다. 수만 가지 말들보다도 다가오는 행동 하나면 마음이 풀어지는 것처럼 말이다.

그렇다고 무조건 이별 후에 이런 행동을 하라는 소리는 아니다.

서로에게 아직은 미련이 있고 재결합에 희망이 남아있는 경우의 사람들이 이에 해당한다.

대체적인 방법으로 여가생활과 일로 잊어보려 애써 보지만 근본적인 원인이 해결되지 않았는데 그게 과연 좋은 방법일지는 의문이다. 단기적인 방법은 될 수 있으나 장기적으론 상처가 치유되는 건 아니다.

가슴에 난 상처를 치유해줄 수 있는 유일한 방법은 상처를 주었던 사람이 다가와서 진심 어린 말들과 행동을 보여주는 것이다. 그렇다면 그 어떠한 방법보다 빠른 시일 내에 상처는 치유되고 나아질 것이다. 모든 일엔 타이밍이 맞아야 한다.

직장에서나 가정에서나 또는 사랑하는 사람에게 상처를 주고 후회하기 전에 좀 더 배려하는 마음으로 상대를 대하길 바란다. 항상 옳고 그름을 따져 비판하기보단 이해할 수 있게끔 상대를 유도하는 것도 인간관계를 바르게 지켜나갈 수 있는 또 하나의 방법이 될 수 있다.

난 늘 기다려야 했고

기약 없는 약속에

한 곳만 바라보고 있었다

모든 걸 끝내는 순간

마음이 편해짐을 느꼈다

하지만 기억 속의 무거워진

마음은 지나면 지날수록

나를 움직이지 못하는

사람으로 만들었다

우리는 살아가면서 정말 수많은 인연을 만나게 된다.

좋은 사람도 만나고 나쁜 사람도 만나고 그냥 스쳐 지나가는 사람도 만난다. 경험담에 비추어 볼 때 제일 별로였던 사람은 애매하게 관계를 유지하는 사람들이었다.

어릴 때는 사회생활을 해본 경험도 적고 무작정 이게 맞는 건지 저것이 맞는 건지 알 수가 없으니 그대로 닥치는 대로 상황을 받아들였다. 대처능력이 없으니 부딪히는 수밖에 없었다. 그러다 보니 가슴속에 상처는 고스란히 남고 시간이 지나니까 사람을 가려가면서 만나게 되고 나이가 조금 들어가면서 점점 계산적인 인간관계를 맺게 되었다.

그중에서도 어장관리 하듯이 사람을 대하는 사람들은 정말 최악의 인연이었다.

기약 없는 약속을 하게 만들고 비밀도 아닌데 비밀스러운 만남을 만들고 주변인들에게 이렇다 할 소개도 해줄 수 없는 관계였다.

언제나 대기조처럼 연락 오기만을 기다려야 했고 불시에 만나자고 하면 나갈 수밖에 없었다. 그 시간이 아니면 만나기가 힘들었기 때문이다. 어렵사리 만남을 가지면 혼자 만족하는 만남이 되고 그렇게라도 만나지 않으면 이 관계는 끝이 나는 관계였다. 상대의 입장을 고려하여 관계를 유지하며 만남에도 불구하고 그 끝은 항상 최악이었다.

이도 저도 아닌 애매한 만남은 나마저도 애매한 사람으로 만들어버렸다.

이상하게도 끝을 내는 사람도 내가 되는 것이고 나쁜 사람이 되는 것도 나였다. 이런 관계에 지쳐 힘들다는 소리를 하게 되면 상대방은 이럴 줄 몰랐냐며 오히려 이해 못 하는 배려심 없는 사람으로 취급하였다.

그럼 또다시 혼자 생각을 하게 만들고 자책하는 마음이 생긴다. '이러면 안 되는 건가?' 하면서도 어렵게 정리하기에 이르고 힘들고 지친 만남을 끝을 내면 또 그 상처도 고스란히 나의 몫이었다. 결국은 내가 나쁜 사람이 된 거 같고 시간이 흐르면 흐를수록 내 감정만 흔들리고 가슴이 아파 왔다. 시간이 지나 상대의 소식이 궁금해 '나처럼 이렇게 힘들겠지?'라는 생각에 알아보면 그와는 반대로 너무나도 잘 지내는 모습에 또 한 번 절망한다.

결국은 내가 아님에도 상대는 나 외에 대타처럼 또 다른 사람이 있고 그 사람에게 난 그저 그런 사람이었다. 나를 향한 절실한 마음은 없었던 것이었다. 돌이켜보면 혼자 허공에 삽질한 거 마냥 허무함을 느낀다. 시간이 지나면서 마음은 계속 무거워졌고 감정을 쉽게 움직일 수 없는 사람이 되어버렸다. 새로운 사람을 만나고 빨리 그 상황을 벗어날 수도 있지만 나는 어디 한군데 메여있는 사람처럼 기나긴 시간이 지나고 나서야 움직일 수 있었다.

너무나도 힘든 시간이었고 괴로운 나날들이었다.

차라리 바람둥이가 더 나을지도 모른다. 이런 사람들은 그래도 좋아한다며 마음을 표현하지 않는가. 애매한 사람들은 본인의 마음을 보여주지도 않고 사람을 헷갈리게 하고 자책하게 만들고 결국은 진심을 모르는 척하며 도망가니 사람을 미쳐버리게 만든다.

앞으로도 애매한 만남을 주선하는 사람들에게 한마디 하고 싶다.

상대가 좋아하는 감정을 그런 식으로 이용하지 말고 감정놀이로 사람을 만나면 언젠가는 부메랑처럼 본인에게 돌아와 소중한 사람을 크게 잃을 수가 있으니 진심을 가지고 놀지 말기를….

본인의 마음은 보여주지도 않으면서 상대방을 자신의 페이스로 끌려오게끔 하여 선택도 네가 한 것이라며 발뺌하는 것만큼 무책임하면서도 나쁜 것은 없다.

내가 다가가면 갈수록 나에게서 멀어진다
내가 멀어지면 멀어질수록 나에게 다가온다 

남녀 사이에 친구가 문제가 되는 이유는 친구라는 관계 하에 너무나 많은 것이 이루어지기 때문이다

그녀의 남자친구는 2살 연하였다.

남자친구는 고등학생 때 밴드부 보컬로 활동할 만큼 뛰어난 노래 실력을 갖추고 있었다. 그녀는 그의 호감 가는 외모와 특출난 노래 실력에 금방 빠져들게 되었다.

알콩달콩 만남을 유지하던 어느 날, 같이 일하는 동료직원이 그녀에게 조심스레 귀띔을 해주었다.

"저기, 내가 이런 말 해도 될지 모르겠는데…."

그녀는 무슨 일이냐며 말하라고 재촉하였다.

동료는 머뭇거리더니 이내 말을 이어나갔다.

"아니, 내가 담배를 피우려고 옥상에 있는 흡연실을 갔어. 그런데

네 남자친구와 어떤 여자가 다정하게 벤치에 앉아있더라고…. 그래서 누군가하고 봤는데, 여자가 남친 허벅지 위에 머리를 대고 누워있었어. 둘이 웃으면서 아주 즐거워 보이던데… 혹시 그 여자 누군지 알고 있어?"

그녀는 잠시 충격을 받은 듯 잠시 머뭇거렸다.

"아니, 누군지 모르겠는데… 내가 이따 확인해 볼게."

그녀는 머릿속이 혼란스러웠고 어떻게 해야 할지 당황스러웠다.

물어봐야 하나 말아야 하나 고민 끝에 남자친구에게 물어보기로 하였다.

"있잖아… 아까 혹시 흡연실에서 누구랑 같이 있었어?"

남자친구는 잠시 생각하다 아무렇지 않은 표정으로 말했다.

"아… 나영이랑 같이 있었지. 알지? 내 친구 여기서 같이 일하잖아."

그녀는 그 여자의 존재를 듣고 잠시나마 안심하였다. 나영이는 그의 오래된 여사친여자사람친구이였다. 익히 얘기도 많이 들었고 구면인지라 친하니까 그렇게 했구나 하는 생각이 들어 별일 아닐 것이라며 넘어가게 된다.

시간은 흘러 남자친구는 입대할 날짜가 다가오고 있었다.

그날은 그녀의 회식 날이었고 몸이 좋지 않아 참석하지 못했다.

집에서 누워있던 그녀에게 다른 직장동료가 전화를 걸었다.

귀찮기도 하고 컨디션condition도 제로였던 그녀는 전화를 받지 않았다.

이윽고 다음날 초췌해진 모습으로 출근한 그녀는 동료를 만났다.

"너 어제 전화 왜 안 받았어?"

다급하게 묻는 동료에게 그녀는 몸이 좋지 않아 빨리 잠이 들었다고 말했다.

그러자 동료는 심각한 표정으로 말했다.

"있잖아. 진짜 아니 무슨 이런 경우가 다 있어? 아휴… 내가 다 성질이 난다."

회식 날 무슨 일이 생긴 것 같이 말한 그에게 그녀는 물어보았다.

"왜? 무슨 일 있었어?"

답답한 듯이 그녀를 쳐다보던 그는 재빨리 말을 이어나갔다.

"아니, 그게 아니라… 야, 너 어제 네 남자친구 어디에 있었는데?"

"응? 남자친구? 어제 피곤했는지 먼저 잔다 하길래 알겠다고 했지. 집이었는데, 왜?"

그 말을 들은 동료는 인상을 찌푸리며 말했다.

"야. 네 남친 어제 그 나영인가 뭔가하고 모텔에 들어가더라."

"응?!!!!!!!!!!!!"

그녀는 황당함에 할 말을 잃었다.

"사실이야? 오빠가 봤어?"

동료는 눈을 크게 뜨며 두 눈으로 똑똑히 봤다며 분명 남자친구와 나영이였다며 눈살을 찌푸렸다.

그녀는 충격을 받았다.

이걸 어떻게 해야 할지 고민이 되었다. 곧바로 그녀는 남자친구에게 연락했고 사실대로 말할 것을 강요했다. 순간 남자친구는 당황하는 듯한 모습을 보였지만 사실이 아니라며 부정했다. 하지만 화가 난 그녀를 막을 수는 없었고 마땅한 변명거리를 찾지 못해 인정하고 만다.

둘은 오래된 친구 사이였지만 보통의 관계는 아니었다.

요즘 흔히 말하는 FWB[프렌즈위드베네핏]의 관계가 아닐까 싶다. 서로의 필요에 따라 잠자리를 맺는 친구 사이로서 말만 친구이지 여자친구보다 더한 사이인 것이었다.

아무것도 모르고 심히 충격을 받은 그녀는 남자친구와 헤어짐을 선택했다.

그 후로 헤어진 남자친구는 입대하기에 이른다.

그녀는 이별했지만 함께 일하는 회사에서 계속 나영이라는 여자를 마주칠 수밖에 없었다. 뭔가 자신이 초라해 보였고 저 여자보다 내가 그렇게 매력이 없었는지 자책하는 마음이 생겨났고 심한 스트레스에 살이 빠지기 시작했다. 몸과 마음은 피폐해지고 한번 상처받은 마음은 빨리 회복되지 못했다.

그러다 시간은 흘러 그녀에게도 좋아하는 남자가 생겼다.

짝사랑하다시피 좋아했던 그를 멀리서나마 지켜보다 이 사실을 안 주변에서 연락처를 교환할 수 있게 도와주었다. 자주 연락하고 잘 되어가던 찰나에 그녀는 친구와 약속이 있어 커피숍에 자리 잡고 앉아 있었다.

친구와 수다를 떨던 그녀는 창밖을 바라보다 당황스러움에 말을 잃게 된다. 창밖엔 짝사랑하던 그 남자와 나영이가 서로 팔짱을 끼고 행복한 모습으로 거리를 지나가는 것이었다.

'이건 또 무슨 상황이지?' 당황스러웠고 나중에 안 사실은 그녀를 절망의 늪으로 빠뜨렸다. 짝사랑 남과 나영이는 애인 사이가 된 것이다. 도대체 나영이라는 여자는 그녀와 전생에 원수였는지 아니면 일부러 저러는 건지 의문이 들 정도였다.

모든 걸 놓아버리게 된 그녀는 짝사랑 남과의 인연도 끝이 났다.

요즘 친구 사이라는 관계는 정확한 기준선이 있는 건지 어느 정도가 친구라는 것인지 애매모호한 사이가 많다.

정말 친하면 서로 이성적인 감정은 없다고들 하지만 과연 남녀 사이에 아무런 감정이 없는 것일까. 그중 한 명은 친구라는 명목하에 수많은 기회를 남겨 놓은 건지도 모르겠다.

친구면 상대의 애인에게도 어느 정도 인정을 받을 수 있으니 안심할 수 있고 손을 잡는다든지 팔짱을 끼거나 하는 스킨십skinship은 용서되기도 하니 무슨 사고방식으로 저런 생각을 하는 건지는 의문스럽기도 하다.

나는 아무리 친구 사이라 할지라도 저런 건 용납이 안 된다.

어떻게 남녀가 친구가 된단 말인가? 이걸 명확하게 설명하고 이해시켜줄 수 있는 사람이 여태껏 나오지 않는 걸 보면 그들도 이러한 문제를 풀지 못한 것이라고 본다. 미적지근한 관계 남사친남자사람친구, 여사친여자사람친구을 두고 있는 사람들은 상대에게 상처 입히는 일은 그만두길 바란다.

적어도 좋아하는 사람이 싫어한다고 하면 아무리 내 인맥이 중요하고 사회생활을 유지하는데 필요한 관계일지라도 한 번쯤은 고려해보고 생각해 주는 것이 그 사람에 대한 예의가 아닌가 싶다.

내 고집대로 행동하고 판단할 거라면 혼자 살고 혼자 자유를 누리면 되지 왜 애꿎은 상대에게 고통을 주는지 모르겠다. 친구로서 관계를 오랫동안 유지하고자 한다면 상대방에게 이해시키기 위한 노력과 정확한 선을 긋고 아무런 사이가 아니며 전혀 신경 쓰지 않아도 된다는 것을 보여줘야 한다. 그래도 이해를 못 한다면 상대가 이상한 사람이다.

적어도 좋아하는 사람을 위해서라면 관계유지를 위한 노력이 필요하다. 서로가 최선을 다하지 않았기 때문에 깨지는 것이다. 자존심을 앞세우고 굳이 '내가 그렇게 할 필요가 있을까?'라고 느낀다면 둘은 딱 그 정도가 끝인 사이이다. 그러니 서로에게 더 이상 바라지 말라.

열명의 친구보다 이제는 하나여도 내편이 좋다

그렇게 사람에 데이고도
그렇게 사랑에 아프고도
똑같은 실수가 반복된다

그녀의 첫 남자친구는 사회생활을 처음 시작한 곳에서 만났다.

남자의 직급은 주임이었고 나이가 그녀보다 8살이 더 많았다. 아무것도 모르던 그녀에게 그는 자상하고 친절하게 다가갔고 둘은 자연스레 연인 사이가 되었다.

하지만 시간이 지나자 그녀에겐 이상한 소문이 들리기 시작했다.

남자친구가 예전에 다른 부서의 여자를 만났고 그 여자가 임신하자 헤어졌다는 얘기였다. 또 하나는 그녀와 같이 일하는 부서의 다른 여직원하고도 동거했다고 한다. 그녀는 충격이었지만 남자의 반론으로 진실은 묻혔고 연인관계를 간간이 이어나가게 된다.

곧 회사를 그만두고 대학에 진학하여 만남을 유지했지만, 예전처럼 자주 볼 수는 없었다. 서서히 사이는 멀어졌고 둘은 헤어지게 된다. 남자는 바로 곧 다른 부서의 여자를 만났고 결혼하기에 이른다. 황당하면서도 여자가 끊임없던 그가 대단해 보이기까지 했다.

두 번째 만난 남자는 학교 내 선배였고 여자들에게 인기가 많은 스타일이었다.

관심은 있었지만 내색하지 못한 그녀에게 남자가 먼저 사귀자는 말을 하였다. 기대 반 설렘 반으로 시작된 관계는 남자와 같은 과의 여자가 그녀를 찾아오면서 파국으로 치닫기 시작했다. 남자는 양다리를 걸치고 상처를 주고 떠났다. 시작은 그녀가 먼저였지만 남자는 끝내 그녀를 버리고 두 번째 여자를 선택하게 된다.

그 뒤로 그녀는 한 달간 방황하며 술을 마셔댔고 몸은 망가져 갔다.

그런 모습을 지켜보던 동갑내기 남사친이 위로해주며 적극적인 구애로 둘은 만나게 되었지만, 그녀는 마음이 이전 같지가 않았다. 지금까지 본인이 원했던 만남이었고 이상형의 스타일이었지만 남사친은 예외였다.

결국에 그녀는 자신을 아껴주고 좋아했던 남자와 입대 전에 헤어지게 된다. 사람 마음이 간사하다는 것이 이럴 때 나온 것이다. 자신을 좋아해 주는 사람은 마음이 가지 않았고 마음고생을 하며 힘들게 했던 사람은 잊지 못했다. 그렇게 상처를 받고도 매번 같은 선택으로 후회하는 일투성이였지만 같은 선택을 반복하였다.

무엇이 잘못된 것일까. 그 뒤로도 그녀는 자신의 마음이 먼저 가는 사람들과 만나고 헤어짐을 반복했다. 상처라는 상처는 혼자 다 받으면서 말이다. 아무도 그녀에게 잘못된 것이라고 말해주는 사람이 없었다. 누구 하나라도 조언을 제대로 해주었다면 그녀의 선택은 달라졌을까?

내 생각은 다르다. 그녀는 조언을 참고할 수는 있겠지만 또다시 똑같은 선택을 했을 것이다.

원인은 바로 자기 자신이었기 때문인데 아무리 옆에서 뜯어말려도 본인이 싫으면 어쩔 수 없는 것이다. 남이 해주는 조언을 참고는 할 테지만 선택과는 별개의 문제라고 생각하기 때문이다. 결국에는 본인 인생이고 내 마음이 가지 않으면 어쩔 수 없는 일인 것이다.

주변에서 친구나 가족들 지인들이 고민을 들어주고 의견을 제시해주지만 본인이 느끼기에 아니면 아닌 거고, 맞다 하면 맞는 것이다. 선택은 자신이 하는 것이고 후회도 본인 스스로 한다. 그렇다고 주변 말을 곧이곧대로 받아들여 선택하면 엉뚱하게 원망의 소리를 듣게 되는 경우도 생긴다. 그래서 조언을 해줄 때는 강요를 하면 안 된다. 의견을 말해줄 수는 있지만 그걸 토대로 본인이 선택하게끔 내버려둬야 한다.

어차피 인생은 끝없는 선택의 결과물로써 남이 대신 살아줄 수도 해결해 줄 수도 없다.

똑같은 일을 겪고 후회하고 상처를 받는다면 남 탓하기 전에 내면을 잘 살펴보길 바란다. 내가 옳은 선택을 하고 있는 것인지. 좀 더 나은 삶을 사는 것도 모두 자신이 판단하기 나름이다.

연애하다가 실패했다는 생각은 하지 말았으면 좋겠다.

이 세상을 살아가면서 잘 몰라 부족해서 실수했을지라도 그것을 실패했다고 보면 안 된다. 두 번 다시 내 행동을 인지하고 번복하지 않으려고 노력한다면 다음 인연을 만날 때에는 이전 실수를 반복하지 않게 되는 것이다.

그러면서 인생을 배워나가는 것이 아닐까.

참견은 이제 그만!
선택은 내가 한다
후회도 내가 한다

남의 얘기를 듣는 순간
둘 중 하나의 감정이 생긴다
기분이 더럽거나
의문스럽거나

예전 직장에 다닐 때 친하게 지냈던 언니가 있었다.

언니의 성격은 친절하고 예쁘고 잘 웃는 전형적인 서비스직원의 태도를 외적으로도 많이 갖춘 사람이었다. 둘이 술 한잔하면서 같이 친해지고 어울리며 한동안 지냈는데 이 언니는 생긴 것과는 달리 내숭이나 흔히 야시여우들의 행동은 하지 않아 내가 더 좋아했던 언니였다.

그러던 어느 날 같이 일하는 직원이 언니에 관한 얘기를 해주었는데 난 충격이었고 믿기 힘든 부분이었다. 며칠 전 그 언니와 다른 부서의 일하는 다른 동생들인 여직원 두 명이 함께 술자리를 가졌다. 그곳엔 다른 남자들도 있었는데 직원들이 함께 데리고 나간 사람이었다.

즐겁게 시간을 보내던 중에 언니가 술에 취해 비틀거리기 시작했고 걱정이 된 일행들은 택시에 태워 다른 부서 직원이 언니 옆에 앉았고 남자도 같이 탑승하게 되었다. 거의 쓰러져가는 언니를 깨우려고 했지만 일어나지 않았고 동생은 같이 탄 남자에게 먼저 가라며 집까지 자기가 데려다주고 가겠다고 했다.

남자는 알겠다며 중간에 내리고 둘이서만 남은 택시에서 언니가 조용히 눈을 떴다.

"미진아."

놀란 동생은 대답했다.

"네? 언니 이제 정신이 좀 들어요?"

그러자 언니는 눈을 똑바로 뜨며 동생에게 말했다.

"야, 네가 왜 택시에 타고 있는데?"

놀란 동생이 말했다.

"언니가 술이 너무 취해서요. 부축해서 집까지 바래다주려고. 걱정이 되어서 그런…건…"

"야!!!!!!!!"

말이 끝나기 무섭게 언니가 말했다.

"너 여기서 내려. 아, 진짜 눈치가 없는 거야. 바보인 거야?"

동생이 놀라 쳐다보았고 막무가내로 내리라는 언니의 다그침에 할 수 없이 내렸다고 한다.

알고 보니 그 언니는 남자가 맘에 들어 일부러 취한 척했고 남자가 바래다주길 원했다. 하지만 동생이 그런 사실을 모르고 동행해서 기분이 나빴던 것이었다. 동생은 어이가 없었고 다음 날 친한 우리 부서의 직원에게 말을 해 나에게도 그런 얘기가 귀에 들어오게 된 것이다.

난 믿지 못했다.

그렇게 상냥하고 친절한 언니가 남자 앞에서는 그런다고 생각하니 매치가 되질 않았다. 하긴 술이 세기로 이미 소문은 들어 알고 있었지만 내게 보여준 모습은 내숭이었나. 오만가지 생각이 꼬리를 물었다.

하지만 얼마 뒤에 설마 했던 일이 현실이 되어버렸다. 사소하지만 개인적인 문자를 내가 만나고 있던 남자친구에게도 했고 난 중간에서 무시 된듯한 상황에 남자친구와 크게 싸우는 일이 생겼다.

'아… 내가 사람을 너무나 몰랐구나.'

깨닫고 나니 이미 많은 일들이 생겨버렸고, 그 언니와 연락을 끊고 지낼 때는 나도 많은 사람을 잃은 후였다. 이처럼 남의 얘기가 내 귀에 들어오게 되면 기분이 좋지 않다.

남들은 숨기려고 하며 드러내기 싫은 부분을 내가 굳이 알게 되어 그런지 찝찝하기까지 하다. 차라리 몰랐으면 하는 부분들을 알게 되면서 상대와의 거리도 멀어지는 상황이 생기기도 하며 이보다 더한 것도 있지 않을까 하는 의문을 품게 되기도 한다. 사람 관계에서 아무리 친하다 해서 상대를 잘 안다고 나 스스로 자신하면 안 된다.

상대가 솔직하게 다 말해주지 않는 이상 그 사람의 본심을 어찌 알겠는가.

그렇다고 곧이곧대로 그 사람을 의심하고 믿지 마라. 적당한 거리감과 인간관계를 유지해야 무탈하게 사회생활을 할 수 있는 것 같다. 아무리 급하다 해도 시간을 둬가면서 천천히 사람을 알아가는 마음의 여유를 가져보도록 하자.

이제껏 최선을 다해 살아왔는데
남에게 피해 주지 않았는데
일도 열심히 했는데
무언가 허전해 뒤돌아보니, 너만 없다

숨긴다고 숨겨지나
속인다고 속여지나
언젠가는 밝혀지고
누군가는 집착한다

내가 알고 지내던 동생의 이야기이다.

그녀는 단아하고 청순한 이미지로 키가 커서 모델 같은 이미지의 여자였다.

그에 반해 남자친구는 키가 작고 통통한 편이지만 성격도 좋고 특히 유머 감각이 있어 늘 항상 그녀를 즐겁게 해주었다. 둘이 잘 어울리기도 하고 만나면 재미있는 커플이라 같이 여행을 가기도 했다.

어느 날 둘은 크게 싸우게 되었고 그 얘기는 나에게 들려오기 시작했다.

"언니!! 내가 어이가 없어서 정말 화가 나서 잠 한숨 자지도 못했어요."

"왜? 무슨 일인데?"

다급하게 말하는 그녀를 진정시키며 차근차근 물어보았다.

그녀는 울먹거리며 말하기 시작했다.

"언니랑 같이 일하는 직원 중에 ㅇㅇ이라고 있죠? 그 새끼가 남친한테 뭐라고 했다는 줄 알아요?"

"네 여친도 생긴 건 단아하고 그래 생겼지만, 혹시나 모르지. 예전에 애도 지운 경험이 있을 수도 있지. 다 믿지 마라. 이렇게 말했다고요! 미친 새끼 아니에요?"

그 말을 들은 난 황당하고 어이가 없고 이게 도대체 무슨 상황인지 머리가 돌아가지 않았다.

"사실이야?"

그녀는 더욱더 광분하며 말했다.

"언니 전부 사실이에요. 어제 다른 일로 남친하고 싸우다가 갑자기 남친이 그 얘길 하는 거예요. 너무 빡쳐서 내가 사과받아야겠다고 난리 쳤어요. 진짜 가만히 안 있을 거예요!!"

일은 수습 불가능의 수준이었고 출근하면서 나는 별의별 생각이 다 들기 시작했다.

우선 저런 말을 남자친구가 왜 여자친구에게 했는지도 의문이고 그런 얘길 왜 또 둘이 했는지 그것도 어이가 없었다. 남자들끼리 그런 얘기가 오고 가고 한들 또 왜 전달을 해서 일을 이렇게 만드는 것인가. 답답하고 열이 받았다.

이 일은 삽시간에 퍼졌고 관리자 귀에 들어가서 개인 면담하기까지 이르렀다.

그녀가 사과를 받지 못하면 일을 그만둔다고 통보했다.

아수라장이 된 상황에 난 그녀의 남자친구에게 한마디 했다.

"너는 왜 일을 이렇게 크게 만드니? 여친이 상처가 될 거란 생각을 못 했냐?"

그러자 술이 덜 깬 얼굴로 날 쳐다보던 그는 나에게 쏘아붙이며 말했다.

"누나, 여친에 대해 잘 알지 못하면서 그런 소리 하지 마세요!! 걔가 어떤 애인 줄 압니까? 아휴…."

난 정말 궁금했다. 이건 또 무슨 소리인가. 그렇다고 언제 나한테 그런 얘기를 한 적이 있었나. 순식간에 그들과 갑자기 거리감이 멀어지는 걸 느꼈다.

둘은 결국 헤어지게 되었고 그녀는 사과를 받았고 마무리가 되는 듯 보였다. 하지만 끝이 난 게 아니었고 헤어짐을 인정하지 못했던 남자가 매일같이 그녀를 기다리고 기다리며 편지를 주고 가기도 하고 용서를 빌기도 했다.

그녀는 고민이 되었지만 돌아선 마음은 움직이지 않았고 끝이 났다.

이처럼 누군가는 숨겨야 했던 말을 친하니까 막말을 하게 되고 그

과정에서 누군가는 전달해서는 안 될 말을 전달하게 되고 누군가는 상처받고 누군가는 집착하기에 이른다.

특히 연인 사이는 비밀이 없다 하여 서로에게 터놓고 말을 많이 하는데, 어느 정도는 예의를 지키고 해야 할 말과 하지 말아야 할 말을 구분하여야 한다.

서로 익숙해질 대로 익숙해진 사이가 되면 할 말이 없어지고 남들의 얘기가 우선적인 화젯거리가 되면서 본인들의 문제도 아닌 것에 열을 내기도 한다. 그러다 보면 말이 와전되고 비밀도 지킬 수 없다. 언젠가는 다 밝혀질 일이지만 굳이 현시점에 있는 그대로 사실을 알고도 말을 할 것인지 안할 것인지는 본인의 선택에 달렸다. 중요한 건 말을 전달했을 때 감당해야 할 몫도 같이 생각하고 말을 하는 것이다. 원인도 결과도 모두 내 몫이니 말이다.

'언젠가는 오겠지' 라는 나의 희망
'언젠가는 가겠지' 라는 너의 희망

좋아하면 다 그래
아니 좋아하면 안 그래

누군가를 좋아하게 되고 좋아함의 깊이가 점점 깊어질수록 상대에게 바라는 것이 생기게 되고 더 나가면 욕심으로 변질하는 경우가 생긴다. 내가 보기에 누군갈 좋아하게 되면 다 그렇게 행동하기보다 좋아하면 그렇게 하지 않는 행동들이 서로에겐 더 필요한 것 같다.

상대를 위한다면 배려심이 생기게 되고 상대가 원치 않는 건 안 하게 되고 고칠 수 있게 노력한다는 것이다. 내 행동은 바꾸지 않으면서 상대의 잘못된 점만 바뀌길 바라는 것은 어리석은 생각이자 나만의 욕심인 셈이다.

예전에 만난 사람에게 정말 실망했던 적이 있었다.

이성 문제에 관한 것이었고 나를 만나는 동안에는 이런 문제가 생기는 것이 너무나도 싫었다. 그래서 조심스럽게 해당 이성 친구와 연락을 하지 않기를 부탁했고 넌지시 물어봤지만, 상대는 내 제안을 생각도 하지 않고 딱 잘라 말했다.

"내가 사회생활을 하면서 연락하는 이성 친구들은 하나같이 네가 걱정할만한 인물들도 아니거니와 나중에 결혼하게 되면 다 오게 될 사람들인데 너 때문에 내 인맥을 다 끊을 수는 없지 않니? 너를 만나기 이전에 다 알던 사람들을 한순간에 자를 수는 없어. 이건 네가 나를 이해해줘야 하는 부분이라고 본다."

난 섭섭했지만 싸우기 싫었고 그렇게 어영부영 넘어가게 되었다.

결국엔 신경 쓰이던 이성 친구는 시도 때도 없이 연락이 와서 쓸데없는 질문을 쏟아내지를 않나. 밤이고 낮이고 전화가 온 적도 있었다. 물론 걱정을 할 만큼 그 사람이 나 몰래 연락을 하고 그 여자를 만나고 한 적은 없었다.

연락이 오면 당당하게 받았고 여자친구와 같이 있다고 말했고 거리낌 없었지만, 무엇인가 한쪽의 찜찜함과 기분이 나쁜 것은 내 감정으로도 다스려지지 않았다.

특히나 공식적으로 이성 친구들을 만나게 되는 결혼식엔 날 소개하지도 않는 일이 빈번하게 일어나서 화가 나기도 했다. 그럴 땐 항상 너와 내가 결혼식에 가면 사람들이 보기에 굳이 말하지 않아도 사귀는 사이인 것을 아는데 말할 필요가 뭐가 있냐며 오히려 화를 냈고 내 의견은 묵살했다. 그럴 때마다 너무 가슴이 아프지만 내가 참아야 했고 나만 속 좁은 여자가 되는 것 같아 싸우기 싫어서 회피하는 경향이 생겨버렸다.

하지만 상대는 자신의 주관이 너무나 확실해서 고치려 들지를 않았다.

결국엔 그 사람도 이성 친구의 관계를 그대로 유지했고 나도 그의 모습을 바라만 보게 되었다. 나를 진심으로 좋아한다면 싫어한다고 하는 그런 행동들을 바꾸지 않고 끝까지 유지하면서까지 자기 입장을 굽히지 않는다는 게 속상했다. 이럴 거면 왜 만났던 것인지 의구심까지 들기까지 했다.

그런 모습에 내가 상처를 받지 않으면 모를까, 고스란히 상처가 되어 돌아오고 끝내는 먼저 손을 놓게 되었다. 지금 생각하면 내가 철이 없었던 것 같고 눈치를 빨리 챘었어야 했다.

남자들 심리는 두 가지이다.

첫 번째는 주변 사람들에게 당당하게 인사를 시킬 때 내 여자친구가 이런 사람이라며 자랑하고픈 마음과 또 하나는 결혼상대자로 확신이 가지 않는데 선불리 인사를 시키지 않는 경우이다. 만약 이런 사태가 온다면 확고하게 나를 평가하는 기준을 상대방에게 주지 말고 내가 아니라는 생각이 들면 싸워서라도 선을 그을 필요가 있다.

기대가 길어지면 포기가 되버리고 상처가 깊어지면 마음이 닫혀진다

그녀는 남자친구와 크게 말다툼을 하게 되었다.

만난 지 1년 정도 되었던 그들은 평소엔 잘 싸우지 않았으나 어떤 일이 커져 오해는 오해를 낳고 남자친구는 폭발하고야 만다. 그녀는 멀어져가는 남자에게 큰소리를 쳤고 묵묵부답인 채 걸어가는 남자를 뛰어가서 붙잡았다.

그러자 남자가 뒤돌아보며 말했다.

"저기요. 저 아세요? 그만 하세요. 절 좀 그만 내버려 두세요. 안 그럼 정말 폭발해버릴 테니까."

쌩뚱스러운 존댓말에 그녀는 황당하기까지 했다. 전혀 모르는 사람 대하듯 그는 유유히 사라졌고 어이없는 상황과 어떻게 대처해야 하는 건지 알 수 없었던 그녀는 돌아와 일에 집중하려고 했으나 집중이 되지 않았다. 마음이 심란하고 복잡하여 일이 도저히 손에 잡히지 않자 반차를 내고 집으로 향했다.

돌아가는 내내 어찌할 줄 몰랐던 그녀는 그에게 미안하다며 장문의 문자를 보낸다.

답장은 알겠다는 단답형의 글 하나였다.

지금 당장 헤어진다면 그녀는 후폭풍을 감당할 수 없을 것만 같았고 진심으로 헤어지기도 싫어서 너무나 힘든 시간의 연속이 지나가고 있었다. 만나면서 처음 보는 낯선 그의 모습이 그녀에겐 상처로 남았다. 그에게 바라던 기대치는 한순간에 무너졌고 다시 한번 이와 같은 일이 생긴다면 그땐 헤어지겠다고 판단하기에 이른다. 둘 사이는 회복됐고 원상태로 돌아왔지만, 그녀의 마음 한구석엔 그날의 충격이 지워지지 않았다. 마음의 상처가 깊었던 모양이다.

시간은 흐르고 잊힐 때쯤 남자는 그녀와 또다시 다투는 일이 생겼는데 원인은 그녀의 회식 때문이었다. 그녀의 회식 자리는 항상 2차까지 가야 하는 규칙이 있었는데 그녀가 늦게 귀가하자 잔소리가 되었고 싸움이 된 것이다. 그녀는 직장상사도 있고 내 마음대로 빠져나올 수가 없어 어쩔 수가 없었다고 했지만 남자는 대충 설명하고 나올 수도 있지 않았냐며 차 안에서 큰소리가 나기 시작했다.

어느 정도 시간이 지나도 나아질 기미가 보이지 않자 그녀는 지쳤고 이 관계에 대해 다시금 생각하게 되었다. 남자는 평소와 다른 그녀의 모습에 당황했고 언제나 먼저 사과하던 그녀가 말 한마디 지지 않자 어쩔 줄을 몰랐다.

그녀의 집 앞이 다가오자 남자는 말했다.

"저기, 그냥 들어갈 거야? 아니면… 모텔이라도 갈까? 나랑 더 같이 있을래?"

그 말을 들은 그녀는 남자를 쏘아보았고 냉정하게 말했다.

"아니, 오늘은 그냥 집에서 쉴래. 조심히 들어가."

차 문을 쾅 닫고 나가는 그녀를 남자는 잡지 못했다.

그녀는 생각했다.

'이 상황에 모텔?!! 이 남자가 미친 건가. 모텔에 가면 다 해결이 되는 건가?'

도저히 납득하기 어려웠던 그녀는 그 일 이후 남자와 헤어지게 된다.

남자는 매달렸다. 그런 모습이 그녀에겐 생소하기까지 했다. 처음 보는 그의 모습이었다.

하지만 굳게 닫힌 마음은 열리지 않았고 인연은 끝이 나게 되었다.

그녀는 마음의 상처를 끝내 그에게 치유 받지 못했고 서로 관계개선을 위해 노력하지 않았기 때문에 일어난 일이라 생각하며 상대에게 원하는 것이 있고 바라는 바가 있다면 대화를 통해 해결하고 풀어나가야 한다는 깊은 깨달음을 얻었다.

현실에선 이런 커플은 흔하디흔하다.

서로 오해하고 싸우고 다투면서 마음의 상처는 그대로 남겨진 채 헤어지지도 못하고 만남을 유지하게 되는 것이다. 그러다 한 사람이 실수하거나 똑같은 일이 발생하면 돌이킬 수 없는 상황이 생긴다. 지금이라도 서로의 마음속에 작은 것이라도 상처가 될만한 것이 남아 있다면 상대에게 어떤 방법으로든지 표현해 보는 것이 어떨까.

물론 상대에게 직접 말하기 힘든 부분은 있다고 보이지만 혼자만 속앓이하며 상대는 알지도 못한 채로 만남을 유지한다면 그것 또한 서로에게 상처가 되는 행동일지도 모른다.

연애할 때에는 서로의 의무를 주장하는 것이 아니라 서로가 배려하는 마음이 있어야 이 연애는 발전적이며 지속할 수 있다. 서로가 서로에게 성숙한 행동을 해야 존중하는 마음이 생기는 것이다. 따라서 결혼한 사람처럼 의무를 주장한다면 이 연애는 계속해서 지속할 이유가 없다.

상대를 구속하지 마라
내가 필요한 사람이면 언제든 제자리로 돌아오게 되어 있다

짝사랑은 하지 말라고 했다
그런 거면 너도 날 좀 봐 주던가

누군가 말했다.

짝사랑은 하는 게 아니라고 어찌 보면 세상에서 제일 슬픈 사랑이 짝사랑이 아닌가 싶다. 상대방은 나를 봐주지도 않는데 혼자서만 기약 없이 좋아하는 마음을 갖는다는 것이 참 힘들고 가슴이 아프다.

나도 짝사랑을 한 적이 있다.

이루어졌다면 행복했겠지만 이루어지지 않는 것은 세상사 내 맘대로 어찌할 수 없는 자연의 섭리인 것 같다. 사람 마음을 움직이는 게 얼마나 힘든 일인가. 특히 상대가 나를 알고 있으면서도 그 마음을 모른척한다든지 정말 몰라서 나를 너무 편하게 대하는 모습을 볼 때면 절망감이 들어 자존감이 바닥으로 떨어지기도 했다.

제일 먼저 드는 생각은 '내가 이 정도밖에 안 되는 사람인가? 내가 그렇게 매력이 없나.'라는 상실감이 들기도 하고 우울감에 빠지기도 했다. 어떤 사람에게 좋아한다는 표현을 한 적이 있다. 그 사람도 나를 좋아할 것이라는 어느 정도의 확신이 있었기에 가능했던 일이었다. 하지만 그는 단지 나를 편하고 친한 선후배라고 말했다. 뭔가 자존심이 상했고 나 혼자만의 착각이라는 것이 쉽게 인정되지 않았다.

아무리 생각해도 아니었지만, 상대는 나를 그 정도밖에 생각을 안 한다고 하니 어쩔 수 없는 상황이었다. 마음을 접으려고 무지 애를 썼다. 같은 공간에 자주 보더라도 내가 행여나 그 사람에게 부담을 줄까 봐 더 멀어질까 노심초사했다.

그렇게 하루 이틀 지나니 계속 힘들어지는 건 나였다.

그 사람은 정말 아무렇지 않게 똑같이 대해 주었다. 차라리 내가 싫다고 말을 했으면 단념을 하든 정리를 하든 했을 텐데 나에겐 그저 친절하고 좋은 사람이었다. 자꾸 머릿속으로 그런 이미지가 각인되니 쉽게 포기되지도 않았다. 그 사람이 다른 사람을 만나고 누군가와 연락하는 상황이 보여도 그것조차 바라만 보게 되었다.

참 바보 같았다. 무슨 해바라기도 아니고 거지 같은 마음에 병신 같다는 생각이 온종일 머릿속을 복잡하게 만들어도 그냥 바라만 볼 수밖에 없었다. 그렇다고 나와 연락을 끊는 것도 아니었고 그저 그에게 나는 직장동료 그 이상 그 이하도 아니었다. 마음이 아파 술도 마셔

보고 주변 지인에게 고민을 말해보았지만 잠시일 뿐 모든 게 내 욕심이라는 걸 깨달았다.

일방적인 사랑이고 상대는 원하지 않았던 사랑이니까 거의 구걸하는 셈이나 마찬가지였다.

나를 한 번만 돌아 봐줬다면 어떻게 됐을지 모르지만 이젠 그런 마음도 점점 옅어져 갔다. 그가 한 번씩 생각은 나도 예전처럼 마음이 아프지는 않았다.

익숙해진 마음 때문인지 내가 무슨 방법을 써도 소용없다는 생각이 머릿속에 있어서인지 반 포기상태가 된 것이다. 어떨 때는 그에게 연락이 오고 어느 날은 연락이 없어도 기다리지 않게 되고 그냥 묵묵히 내 일을 하게 되었다. 짝사랑을 하지 말라고는 할 수는 없지만 이루어질 수 없다는 걸 본인이 인지할 때가 온다면 힘들어도 다른 곳을 바라봐야 한다. 그 사람만 보고 있으면 너무나 복잡한 감정이 들고 내가 할 일을 아무것도 하지 못한 채 움직일 수 없는 사람이 되어버린다.

정말 인연이라면 그 사람과 내가 이루어질 운명이라면 돌고 돌아서 죽기 전이라도 이루어지게 되어있다. 뭐든 억지로 끼워 맞추다 보면 탈이 나는 것이다. 짝사랑은 이루어지기도 하고 이루어질 수 없는 경우도 많다.

그런데 생각해보라. 나는 상대를 알고 있는데 상대는 나를 모른다. 굳이 내 마음을 알아주지 않아서 조바심 낼 필요가 없다. 자신이 그에게 다가갈 수 있는 일대일의 수준이 맞추어지면 그때 가서 허심탄회하게 차 한 잔하자며 먼저 그의 의중을 떠볼 수도 있고 솔직하게 말을 할 수도 있는 것이다. 그러고 나서 짝사랑을 끝낼 것인지 포기할 것인지 결정해야 한다. 그것이 현실에 맞는 방법이 될 수도 있다.

그 사람이 나를 봐주지 않는 걸 상대 탓으로 돌리지 마라
상대 눈에 들어오게끔 나 자신을 바꾸어라

모든 선택의 결과는 나의 몫이다
뒤늦게 후회한다 해도
다시 되돌리고 싶다 해도
상대방의 탓이라고 돌리려고 해도
결국은 내가 원인이다

고등학생 때 일이다.

같이 어울려 지내던 친구 2명이 있었다.

A는 밝고 긍정적인 성격에 잘 노는 스타일이었고 B는 외형적으로는 뚱뚱한 편에 속해 본인이 콤플렉스가 있었으나 부족한 면을 모두 금전적인 것으로 해결하려는 성향이었다. 서로 다른 성격이었지만 어찌하다 같이 친해지게 된 우리는 방과 후 노래방을 다니고 밥을 먹은 후에 귀가하는 일이 잦아졌다.

처음 한두 번은 더치페이Dutch pay로 계산을 하였으나 어느 날부터는 B가 본인 돈으로 계산을 하길 원했고 우리가 부담스럽다고 해도 부유한 자기 집을 어필하며 계산을 자주 하였다. 처음엔 어리둥절하면서도 나중엔 고맙다는 마음이 생기고 시간이 지나니까 당연시하는 경향이 생겼다.

사람의 욕심은 끝이 없다고 했던가. 시간이 흐르자 A는 완벽히 적응하여 그런 부분을 즐기고 있었고 나는 그것이 어느 날부터 부담스럽게 다가왔다.

매번 속으로 '이건 아닌데'하는 생각이 하루에도 수십 번씩 들었고 결국 일은 터지고야 말았다. 그날은 고기 뷔페를 가는 날이었고 어김없이 B가 계산을 하려 했다. 뷔페 집 앞에서 나는 결심을 하고 말했다.

"나는 안 들어가련다. 너네 둘이서 먹고 들어가."

갑자기 당황한 그녀들은 나를 빤히 쳐다보며 물었다.

"왜? 어디 가야 해?"

나는 거침없이 말했다.

"아니, 앞으로 같이 밥 먹는 일은 없을 거야. 너도 이제 그만 사고, 너도 이제 그만해라."라고 말하며 그 자리를 벗어났다.

둘은 한동안 그 자리에서 아무 말 없이 날 쳐다보고 있었고 어이가 없다는 듯 사라질 때까지 눈을 떼지 못했다.

그날 이후 셋은 자연스레 흩어졌고 연락도 끊게 되었다.

차후에 B는 연락이 와서 나에게 말했다.

"굳이 그렇게 칼 같이 말하고 갈 필요가 있었냐? 좀만 더 참지. 너 때문에 밥도 못 먹고. 한동안 걔 때문에 편하게 잘 놀았는데, 갑자기 왜 그래?"

그 말을 들은 나는 순간 할 말이 많았으나 참고 넘어갔다.

나도 자존심이란 게 있었다.

B의 가정환경이 아무리 부유하고 좋았어도 이건 아니었다. 무슨 빨대처럼 물주로 생각해 그렇게 이용하고 좋다고 관계를 유지함은 친구가 아니었다. 내 잘못도 있다고 생각했고 미안함이 느껴졌다.

B는 학교생활에 적응을 잘하는 아이는 아니었다.

약간 허언증이 있었고 사람들 관계를 이간질하는 행동으로 인해 친구들이 피하는 바람에 금전적으로 친구들에게 먹을 것을 사주거나 비싼 화장품을 나눠주며 환심을 사려 했다. 상대가 아무 말 없이 잘 받아주면 한없이 친절했고 받아주지 않으면 한없이 냉랭하게 대했다. 나와 멀어지고도 또 다른 친구를 만들면서 똑같은 패턴을 만들어 가고 있었다.

그 누구도 그녀에겐 입바른 소리를 하지 못했다.

아무래도 다들 어렸고 조언을 해 줄만한 상대도 없었기 때문이라 생각한다.

그런 걸 보면 내 성격도 좋은 성격이라 할 수는 없다. 어릴 때부터 칼 같은 성격으로 인연을 너무 쉽게 잘라내고 쉽게 끊고 이런 모습 때문에 상처받은 이들도 적지 않다. 대게는 서서히 사이가 멀어지면서 인연이 끊어지는 게 대부분이지만 나 같은 경우는 하루아침에 사람이 달라지니 당황스러운 상황이 생기기도 한다.

나는 남자든 여자든 확실한 관계를 선호하고 이를 지키려고 한다.

이런 성격을 고치려고 무던히 노력했고 지금은 쌩뚱맞게 선 긋는 행동은 하지 않는다. 어찌할 수 없는 부분이지만 불분명한 관계가 싫고, 내 기준에서 아닌 것들은 아집이라고 여기며 굳건하게 밀어붙인다.

나이가 들면서 성격도 점차 바뀌어 가고 사람들을 많이 상대하면서 고집도 꺾이고 유하게 지내려고 하다 보니 깨달은 점도 많다. 특히 인간관계는 내가 마음대로 할 수 없는 돌연변이와 같은 상황이 생기기에 닥치면 대처하기에 급급해지는 경우가 많았다. 모든 선택은 내가 하는 것이고 남이 대신해줄 수는 없는 일이므로 그 결과물 또한 그대로 받아들여야 한다.

잘못되어도 남 탓을 할 수 없고 결국은 내가 선택한 일이기에 내가 책임을 져야 한다.

어떠한 상황이든 회피하지 않고 나 스스로 해결하려는 마음가짐으로 사람을 상대한다면 적어도 나의 인간관계만큼은 진득하게 지켜낼 수 있을 것이다.

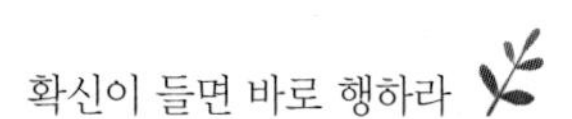

나의 친절함은 상대의 오해를 부르기도 한다

내가 자주 가던 편의점이 있었다.

직장 근처에 있었는데 하나밖에 없어 그곳을 자주 이용하곤 했다. 자주 가던 곳인 만큼 일하는 알바생들과 편하게 웃으면서 인사도 나누며 지냈는데 어느 날 자주 보던 남자분이 보이지 않았다. 사람이 바뀌었나 생각하던 찰나 몇 달 만에 모습을 보인 그를 보고, 난 아무 생각 없이 "오랜만에 오셨네요"라며 인사말을 건넸다.

직업병인지 항상 인사를 먼저 했던 나는 개의치 않게 행동했고 그 모습을 그 남자는 물끄러미 쳐다보았다. 그리고 며칠이 지나자 매장 내에서 그 남자와 마주치게 되었다. 나에게 다가와 급히 음료수를 주고 가던 그에게 얼떨결에 인사를 하고 받았다.

시간이 지나 백화점 영업시간이 끝날 즈음 폐점준비를 하고 있었는데 지하철 입구 쪽에서 누군가가 날 자꾸 쳐다보는 느낌이 들었다.

고개를 들어보니 정장 차림의 편의점 남자였다. 순간 눈이 마주쳤고 나를 보며 싱긋 눈인사하는 것이었다.

'이건 뭐지?'

얼떨결에 인사를 받고 폐점을 마무리하고 탈의실로 이동했다. 옷을 갈아입고 밖으로 나가는데 무엇인가 느낌이 이상했다. 누군가가 쫓아온다는 느낌에 뒤를 돌아보니 편의점 남자가 머쓱하게 웃으며 나에게 다가오는 것이다.

나는 놀라 물었다.

"무슨 일이신데요?"

남자는 머뭇거리더니 한마디 했다.

"아, 저기 남자친구 있으세요?"

나는 황당하면서도 쌩뚱맞은 질문에 잠시 생각하다 대답했다.

"네, 있어요."

그러자 표정이 달라진 그는 나를 의아하게 쳐다보며 물었다.

"정말 남친 있으세요? 없는 거 아니셨어요?"

있다고 말을 하는데도 의심스러운 눈빛으로 질문을 하는 그 사람에게 나는 좀 짜증이 나기 시작했다.

"네, 있어요!!"

나는 걸음을 재촉하며 버스정류장까지 빠르게 걷기 시작했다. 그러자 그도 나의 걸음걸이를 놓칠세라 빠른 걸음으로 나를 따라왔다. 무섭기도 하고 의문스러운 나는 걸음을 멈추고 뒤를 돌아봤다.

"저기요. 계속 따라오실 거에요?"

그 남자는 멈칫거리더니 또다시 말했다.

"정말 남친 있는 거 맞아요?"

그때 마침 버스가 도착했고 난 버스에 올라타며 말했다.

"네!!"

버스가 사라질 때까지 나를 쳐다보던 그 사람의 모습이 사라지자 그제야 난 안도의 숨을 쉴 수 있었다. 가만히 생각해보니 기분이 나빠지기 시작했다.

'아니, 내가 있다는데 왜 저러는 거지….'

그다음 날부터 편의점을 끊었고 가지를 않았다.

불편하기도 하고 난감한 상황에 복잡한 생각이 들기 시작했다. 무슨 설문조사도 아니고 뭘 저리 캐묻는 건지. 그 당시 남자친구가 있던 것도 사실이고 있는 그대로 말을 했을 뿐인데 그 사람은 인정하지 못하는 모습에 계속해서 의문스러움을 갖게 했다.

지금 생각해보면 내가 그에게 오해를 살만한 행동을 한 게 아닌가 하는 생각이 든다.

나는 별다른 생각 없이 상대에게 친절하게 했을 뿐이지만 받아들이는 사람에 따라 다른 의미를 부여할 수도 있다는 생각이 든다. 누군가는 호감으로 받아들이고 누군가는 친절로 받아들이는 것처럼 말이다.

남자와 여자는 생각의 차이점이 분명히 있다.

남자는 쉽게 말해서 '골키퍼가 있어도 골은 들어간다'라고 생각하고 여자는 상대가 마음에 들지 않을 때 방어수단으로 남자친구가 있다고 말을 한다. 그런데 아이러니하게도 상대는 여자가 자신을 방어하고자 일부러 없는 남자친구가 있다는 변명을 한다고 혼자 생각하는 것이다. 이 때문에 이런 황당한 일이 발생하지 않았을까.

사람의 마음은 상대적이다
나는 호감이었지만 그 사람은 친절이었다

어떤 남자가 있었다.

눈에 띄는 외모에 훤칠한 키, 새하얀 피부로 뭇 여성들에게 호감을 주는 외모였다. 직장 내에서도 청일점으로 인사성도 바르고 친절해서 인기가 정말 많은 남자였다.

한 여자가 그 남자를 좋아했고 연락처를 받고 서로 연락하기에 이르렀다. 남자는 항상 친절하고 예의 바르게 그녀를 대우했고 여자는 점점 호감이 생겨 관계가 발전되기를 원했다.

그러던 중 남자가 급작스럽게 일을 그만두고 다른 곳으로 이직을 하게 된다. 그녀 이외에 다른 여직원들도 그의 이직을 안타까워했다.

남자가 떠난 후 그녀는 계속 연락했지만 뜸해지기 시작했다. 그러다 사이도 점점 멀어져 연락이 끊기게 된다.

1년이 지나고 남자는 다시 현 직장으로 돌아왔다. 그녀는 내심 기뻤지만 표현할 수 없었다. 그러던 둘은 우연히도 같은 엘리베이터에 탑승하게 되었다.

어색함도 잠시 남자가 말했다.

"저기…."

그녀가 놀라 묻는다.

"네?"

남자가 어렵게 말을 꺼냈다.

"저… 연락처를 바꿨어요."

여자도 놀란 나머지 그에게 되물었다.

"그래요? 저도 연락처 바뀌었는데…."

말이 끝나기가 무섭게 엘리베이터 문이 열렸다.

다른 사람이 탑승하고 그녀는 내렸다.

남자는 엘리베이터 안에서 문이 닫힐 때까지 그녀를 바라보고 있었다.

여자는 그에게 더 이상 물을 수가 없었다. 호감인 그였지만 그에게 그녀는 그저 친절하게 했을 뿐 다른 감정은 없었다.

남녀가 서로 호감이 생겨 연락을 주고받고 썸 단계로 진행될 때 가슴이 뛰고 설렘을 느낀다.

이 과정에서 발전이 되느냐 멈추느냐가 결정되는데 흔히 많이 하는 실수가 상대도 나와 같은 마음일 거라는 추측 때문에 일을 그르치게 되는 경우가 있다. 설령 상대가 나를 헷갈리게 했을지라도 그 선택은 본인이 하는 것이고 원치 않으면 끝이 나므로 강요할 수 없는 부분이다. 호감과 친절은 지극히 상대적이고 구분하기 힘든 부분이라 상대를 위해서라면 선을 정확하게 그어주는 것이 서로를 위해 맞다.

인기가 많은 남자 주변에는 항상 여자들이 주변을 맴돈다.

특히 연예인들이 그럴 것이다. 과연 인기 많은 남자를 내 옆에 둔다고 해서 마음이 편하겠는가. 생각해보라. 당신 또한 어느 누군가를 헷갈리게 하고 있지 않은지 돌아보길 바란다.

삶의 낙이란 존재는 참으로 중요하다
가정과 회사에서도 내가 살아가는 이유가 된다
낙이 없으면 삶이 지치고 무료하고 쉽게 포기한다
난 오늘도 힘을 내본다. 너 때문에 참으로 고맙다

내 인생에서 재회란
재수 없어서 회피하고 싶으니 오지 마라

한때 소위 나쁜 남자라 일컫는 사람과 헤어지고 2년이 지났을 때 메신저messenger 쪽지를 한 통을 받았다. 장문의 글이었는데 보낸 사람이 그 사람이었다.

대충 내용을 요약하자면 '너 만나는 동안 잘해주지도 못했고 헤어지고 너에게 제대로 사과 한번 한 적이 없다는 걸 깨닫고 미안함에 반성의 시간을 보냈다며 늦었지만 이제야 연락을 하게 됐다'고 한다. 내용도 황당했지만 지금 와서 이런 게 무슨 소용이 있나 싶어 한동안 당황스러웠다. 난 다 잊었고 정말 잘 지내고 있었기 때문이다.

대꾸할 필요가 없었지만 이제 신경을 꺼달라는 답장을 했고 몇 번의 대화 끝에 만나자는 연락을 받았다. 궁금했다. 내 마음을 아프게 한 그 사람을 한번은 보고 싶었다는 생각을 했었고 결국 만나게 되었다.

오랜만에 만난 그의 모습은 내가 왜 만났나 싶을 정도로 별로였다.

분명 내 기억 속엔 키가 크고 훤칠하고 재밌었던 사람이 맞는데 안 본 사이 무슨 일이 있었나 싶을 정도로 별로였다. 아니면 내가 콩깍지가 씌어 있었던지….

쓸데없는 얘기가 몇 차례 오갔고 다음 날부터는 연락이 계속 오기 시작했다. 마칠 시간이 다가오면 어김없이 그 사람의 문자가 왔다.

"마쳤어? 오늘 오빠랑 같이 드라이브나 할까?"

그다음 날에도

"마쳤어? 오늘 오빠랑 술 한잔할래?"

다 다음날에도

"마쳤어? 오늘 오빠랑 바람 쐬러 안 갈래?"

며칠 동안 폭풍 문자가 왔고 난 슬슬 짜증이 나기 시작했다. 난 마음이 없는데 그 사람은 예전 내 모습만 자꾸 떠올리는 것이었다. 자기가 원하는 대로 다 맞춰주는 여자라고 말이다.

사람은 누구나 변한다.

완벽히 변할 수는 없지만 큰 상처를 받고 마음가짐을 달리 먹고 살다 보면 나도 모르게 변해있다. 더 이상 나는 그에게 마음이 없었다. 연락하지 말라고 얘기를 하고 피해 보기도 했지만, 한동안 그는 이해하지 못한 듯 혼자만 열심히 최선을 다하고 있었다. 이처럼 예전 사람과 헤어지고 다시 만나게 되면 나에겐 좋은 기억이 하나도 없다. 분명 헤어질 때는 그 원인이 있을 것이고 원인이 없다면 헤어지는 일도 없을 텐데 말이다.

상처를 주는 사람은 상대방이 얼마나 상처를 받는지 알지 못한다.

하지만 상처받은 사람은 상처 준 사람을 평생 잊지 못한다. 그로 인해 사람과의 관계가 틀어지고 멀어지고 계산적으로 바뀌는 것은 내가 덜 상처받기 위한 방어막이자 본능이 되어버렸다. 물론 다른 사람들은 재회를 기대하고 원하고 반기는 사람도 있을 것이다. 상대를 잊지 못하고 간절히 원할 때 말이다. 남녀의 인연이라는 것은 끊어내면 이어지기가 힘들다. 억지로 다시 엮으려고 하면 실수가 무한으로 반복된다.

이 때문에 한 번 끊어진 인연은 안 보는 것이 답이다. 나에게 있어 재회란 재수 없어서 회피하고 싶으니 오지 말라는 간절한 소망이 되었다.

새로운 인연은 온다
단, 주변정리를 했을 때 인연은 다시 온다

내가 원할 땐 멀어져 있고
내가 원치 않을 땐 가까이 있고
포기하려 할 땐 기회가 주어진다
왜 쉬운 길을 돌아가게 만드는지
인생이란 참으로 알 수 없다

직장생활을 하던 여자와 학교를 휴학 중이던 남자의 이야기이다.

남자는 휴학 당시 어떤 회사에 입사하고 그곳에서 한 여자를 만나게 된다. 남자를 외형적으로 봤을 때는 얼굴도 잘생기고 노래도 수준급인 사람이었다.

둘은 행복한 나날의 연속이었다. 하지만 남자는 연애의 경험이 너무나 부족했고 늘 연애상담을 주변 친구들에게 해서 조언을 구하고는 했다. 여자는 남자보단 연애경험이 많았고 데이트를 하게 되면서 답답했던 부분이 한두 개가 아니라 늘어나게 되었다.

남자가 먼저 학교에 복학하면서 회사를 그만두게 되었고 그 이후엔 자주 만나지 못했다. 학교에 다니다 보니 경제적으로 부족함이 왔던 남자는 데이트비용이 부담으로 다가왔다. 여자는 그걸 알고 나름

조율해가면서 만나려 했으나 남자는 눈치가 없었다. 만나고는 싶고 돈은 없으니 늘 항상 남자는 친구들 모임에 여자를 데려가게 되었다.

처음 한두 번은 그러려니 했지만 이런 상황이 반복되자 조금씩 지쳐가기 시작했다.

어느 날 여자의 생일이 다가왔다.

여자는 기대하지 않았지만 그래도 생일이기에 조금의 희망을 남자에게 하고 있었다. 저녁에 데이트하기로 한 여자는 한껏 꾸미고 남자를 만났다.

남자는 여자에게 조심스럽게 손 내밀었다.

작은 쇼핑백이었다.

"이게 뭐야?"

남자는 쑥스러워했고 여자는 열어 보았다. 쇼핑백 안에는 로션 하나가 들어있었다. 순간 당황했지만 그래도 성의가 있으니 아무 말 하지 않고 기쁘게 받았다.

남자는 웃으며 데려갈 곳이 있다며 말했다. 여자는 기대하고 따라나섰다. 술집이 하나 보였고 2층으로 올라갔다. 그곳엔 남자의 친구들이 8명 정도 테이블에 앉아있었다.

"뭐지?"

남자는 친구들에게 여자친구를 소개하였다.

"알지? 인사해."

여자는 기분이 좋지 않았다. 생일날 친구들을 같이 본다고 말을 안 했었다.

알고 보니 그날 친구 일행 중에 생일인 사람이 있었고 같이 축하하는 자리를 마련했던 것이었다.

여자는 당황했지만 그런 상황에서 분위기를 망칠 수는 없었다. 기분이 나쁜 와중에서도 참고 분위기를 맞춰주어 무사히 시간은 흘러갔다.

이제 집으로 돌아가려던 찰나 남자친구는 2차를 가자며 자취하는 친구 집으로 가자고 소리쳤다. 여자는 화가 났지만 내려놓은 마음으로 친구 집으로 향했고 술을 엄청 많이 마시고 귀가했다.

그리곤 다음날 헤어졌다.

헤어진 후로 남자는 아르바이트를 병행하며 돈을 악착같이 모았다. 그런 모습을 여자에게 보란 듯이 연락했다.

여자가 남자에게 원했을 때는 경제적인 부담을 알면서도 비용문제를 위해 노력하는 모습은 없었다. 하지만 더 이상 원하지 않게 되었을 때는 남자가 노력하였고 몇 년의 시간이 흘렀을 때 남자는 여자에게 연락해서 다시 만나자고 했다.

어찌 보면 재회의 기회가 생긴 것이지만 여자는 예전의 감정을 남자에게 느끼지 못했다. 그렇게 또 하나의 인연은 사라졌다.

세상을 살면서 수많은 인연을 만나지만 내가 원하는 만남을 모두 다 가질 수는 없다.

내 마음대로 이루어진다면 얼마나 좋겠는가. 각자 이유가 있고 원인이 있는 만남에 상대를 위해 최선을 다하는 것이 제일 중요한 것 같다.

인생이 쉽게 흘러가지 않는 걸 보면 아직 인간관계에 있어서 배울 것이 더 많이 있다고 생각한다. 허투루 시간을 보내지 말고 만남의 과정에서 쓰라린 경험도 해보면서 다음 인연이 될 사람에게는 같은 실수를 반복하지 않는 것, 그러다 보면 좋은 인연이 다가오리라 믿어 의심치 않는다.

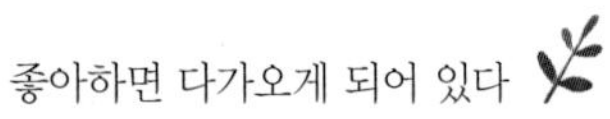

소중한 연인이
요즘 들어 여행을 자주 가자고 한다면
진심이 무엇인지 파악하는 게 중요하다

여행은 우리가 살아가면서 시간적 여유와 돈만 있다면 마음껏 누릴 수 있는 특별한 힐링healing이다. 어떤 이들은 여행을 가기 위해 돈을 벌고 퇴직금으로 세계 일주를 하기도 하고 남은 생을 여행의 목적으로 삶을 살려고 하는 사람들도 많다.

혼자 여행을 해도 좋고 애인, 혹은 가족들과 친한 친구들과 모여 떠나는 곳은 어딜 가나 즐겁고 행복하다. 이 복잡하고 바쁜 현대에서 벗어나 여유로움과 잠시나마 누릴 수 있는 평온한 삶은 마음을 비우고 정리하기에도 완벽한 목적이 될 수 있다.

나도 예전엔 여행을 많이 다녔다.

여유가 있어서 보다는 일상생활 속에서 지쳐있던 무료한 삶과 치

열한 경쟁 속에서 잠시나마 바람을 쐬고 마음을 진정시키고 올 수 있는 유일한 삶의 일부분이었다. 굳이 해외로 멀리 나가지 않아도 가까운 곳 위주로 여러 지방을 돌아다녔다.

지금 생각해보면 추억도 많고 좋았던 곳들도 많이 있어서 회상해보면 즐거운 일들이 많았다.

오래된 연인이 있었다.

그들도 여행이 취미였고 둘은 항상 같이 붙어 다녔다. 남자는 여행 경험이 많았고 여자는 남자로 인해 여행의 경험을 처음으로 맛보던 알콩달콩한 연인이었다. 여유가 많지는 않았지만 몇 년 동안 회사를 가면서도 때때로 여행을 함께 했다.

커플 모임을 하는 자리에서 술을 마시고 무르익어갈 때쯤 상대 커플은 여행을 자주 다녀서 부럽다는 말을 하게 되고 여자의 남자친구는 아무렇지 않게 말하기 시작했다.

"여행은 참 좋지. 내가 왜 그렇게 여행을 자주 다니는 줄 알아? 바로 권태기 때문이야."

순간 분위기는 조용해졌고 여자는 남자를 바라보았다.

남자는 개의치 않고 말을 계속했다.

"사실이야. 우리가 만난 지 몇 년 됐잖아? 어떻게 유지가 되겠어. 여행을 좀 다녀오면 잠깐은 권태기가 사라지더라. 그래서 가는 거야. 너희도 다녀와 봐. 괜찮을 거야."

여자는 충격이었다.

한 번도 그런 말을 들어본 적이 없었다. 어쩐지 최근 몇 달 동안 여행을 주야장천 다녀왔다. 당황스럽기는 다른 커플도 마찬가지였다.

모임을 끝내고 집으로 돌아간 여자는 많은 생각이 들었다.

'여행이 그런 목적이었어? 단지 여행을 자주 가는 건 나와 오랫동안 같이 있고 싶고 좋아하니까 헤어지기 싫어서 여행하는 건 줄 알았는데?'

모든 것이 여자의 착각이었다는 생각에 절망감이 몰려왔다. 남자의 진심을 알게 된 순간, 여자는 여행이 꺼려지고 망설여졌다.

누군가는 정말 서로 사랑하고 애틋한 마음이 있어 함께하고 싶은 마음에 여행을 간다.

그러나 현실은 권태기를 극복하기 위해 여행을 선택하는 이들도 적지 않을 거란 생각이 든다. 상대방의 진심을 모르니까 말이다.

같은 공간 같은 시간 같은 곳을 바라보고 있어도 각자 생각이 다 다른 것처럼 서로 권태기가 올 만큼 알아가는 시간이 오래되면 사랑의 감정이 무뎌질 수밖에 없다. 연애 초기 때처럼 설레고 두근거리는 마음은 없겠지만 여행이 또 하나의 권태기를 극복하는 방법이 된다면 남자의 선택도 틀린 것은 아니다.

다만 여자는 전혀 알 수 없었던 권태기가 왔음에 당황스럽고 복잡한 마음이 생기지만 부작용으로 바람과 같은 불상사로 이어지지 않아 그나마 다행이라고도 할 수 있다.

어느 날부터 당신의 연인이 여행을 자주 가자고 한다면 한 번쯤은 생각을 해보았으면 한다. 이 사람에게도 권태기가 왔는지 아니면 다른 이유가 있는지 말이다.

보통의 연인들이 사귀면서 어느 시기가 되면 지루할 수도 있고 일상생활에서 변화를 주고자 하는 마음에서 둘이 함께 여행을 가는 것은 무방하다. 하지만 이때 상대의 마음을 잘 파악해야 한다. 왜냐면 내가 투자하고 공을 들이는 것만큼 상대도 나에게 돌아와야 하는 게 아닌가 하고 생각할 수도 있는 것이다.

이런 경우에는 여행을 갔다 오고 나서 분명히 헤어질 확률이 높다. 한쪽에서는 자신이 원하는 바를 이뤘으니까 더 이상 투자할 필요가 없는 것이다.

무조건 여행의 목적을 내가 생각하는 대로 끼워 맞추다 보면 혼자만 행복하고 즐기고 만족하고 돌아오는 의미 없는 여행이 될 수도 있음을 명심하라.

알고도 모르는 척하는 것이 나쁜가
모르고도 아는 척하는 것이 나쁜가
정답은 둘 다 기분 나쁘다

남자의 여자관계로 인해 항상 불안해하던 여자가 있었다.

이 불안함은 남자를 만날 때면 더 심해졌고 이런 문제에 익숙한 듯이 그럴 때면 여자를 다그치고 싸우게 되어 서로에게 지쳐갈 때쯤이었다.

오랜만에 데이트를 하던 날, 밥을 시키고 남자는 화장실에 다녀오겠다며 자리를 비웠다. 순간적으로 이상한 직감에 여자는 남자의 휴대폰을 보기 시작했다. 해선 안 되는 짓이지만 늘 해결되지 않던 싸움의 원인을 찾고 싶었고 빨리 해결하고자 했다.

휴대폰을 만진 지 몇 분도 채 지나지 않아 앞을 보니 남자가 여자를 바라보고 있었다. 당황한 여자는 얼른 휴대폰을 제자리에 두고 자연스럽게 자신의 휴대폰을 만지작거렸다.

남자는 이 상황을 봤음에도 불구하고 이야기를 꺼내지 않았다. 어차피 싸움으로 이어질 게 뻔하니 피한 것이다. 뭔가 찝찝한 기분이었지만 데이트를 망치지 않았고 서로 알면서도 모르는 척 시간은 흘렀다.

그 후에 여자는 남자와 1박 2일로 여행을 갔다.

남자가 피곤했는지 먼저 잠을 청했고 여자는 정리하고 있는데 갑자기 휴대폰이 울렸다. 직감적으로 남자의 휴대폰을 집어 든 여자는 인상이 찌푸려졌다. 항상 여자의 마음을 불안하게 했던 남자의 이성 친구였다.

"뭐해?"

이 한마디가 참 많은 생각을 하게 했다.

이 시간에 뭐하냐고 왜 묻는 건지 짜증이 났던 여자는 남자인 척 답장하기 시작했다.

"우리 이쁜 여친이랑 여행 왔지."

메시지를 보내니 답장이 바로 왔다.

"치… 좋겠네…, 여행도 가고…."

답장을 확인한 여자는 어이가 없었다.

'치는 뭐지?' 그냥 알겠다고 하고 끝내야 하는 거 아닌가 싶어 짜증이 치솟았다.

여자는 마지막 답장을 보냈다.

"우리 와이프랑 할 게 많다."

더 이상 답장이 오지 않는 걸 확인하고 여자는 메시지 기록을 다 지우고 아무 일도 없었던 것처럼 잠을 청했다.

다음 날 집으로 돌아가던 차 안에서 전화가 울렸다.

문제의 이성 친구였다.

"여보세요? 어, 왜? 지금 부산 내려가는 길인데?"

순간 여자는 조마조마했다.

"어. 거기는 ㅇㅇ병원이 잘한다. 내 추천으로 왔다 하고 가봐."

"그래. 알겠다."

다행히 별다른 말을 하지 않는 걸 보고 안도의 숨을 쉬었고 시간은 흘러갔다.

남자가 여자를 차로 바래다주던 길에 무심코 던진 남자의 여자 후배 얘기가 또다시 싸움이 되었다. 남자의 학교 후배가 같은 회사의 다른 부서에 입사했고 여자도 알고 있었지만 둘이서만 얘기를 한다든지 소개를 해주지 않는 모습에 마음이 상한 상태였다.

섭섭함에 참고 있다가 차 안에서 터진 것이다. 그러자 남자는 매몰차게 말을 했고 여자도 이성을 잃어 여행에서 연락 온 이성 친구 얘기를 해버렸다.

남자는 몰랐던 사실에 크게 화를 냈고 더 큰 말다툼이 오고 갔다.

이건 누구의 잘못일까. 서로의 소통이 되지 않았던 게 제일 큰 것으로 보인다.

여자가 원한 것은 이성 친구에 대한 명확한 설명으로 인한 오해를 푸는 것이고 확고한 서로 간의 믿음을 원했다. 하지만 남자가 원한 것은 일일이 설명하지 않아도 나를 우선으로 믿어주는 것이었다. 이런 생각의 차이가 둘을 멀어지게 만들었고 불신의 관계로 이어지게 했다.

남녀 간 교제를 하면서 넘지 말아야 할 선과 규칙을 정해야 한다.

사회생활을 하면서 많은 사람을 만나는데 한쪽은 인과관계에 투명성을 강조하면서 한쪽은 뭔가 숨기려 한다면 이런 경우에는 싸우게 되어 있다. 한쪽이 투명하면 상대도 투명해야 한다. 반대로 서로 간에 사생활을 강조한다면 서로 간섭할 필요가 없는 것이다. 그러니까 처음부터 지켜야 할 선과 규칙을 정하고 두 사람이 합의하는 것이 관계를 유지할 수 있는 길이다.

세상에서 제일 난감한 말
좀 알아서 해라!!

그때는 그때이고 지금은 지금인 것이다

그녀의 남자친구는 2살 연하였다.

자신의 이상형이었던 남자친구를 보는 것만으로도 그녀는 즐거운 낙이었다.

둘은 공원으로 바람을 쐬러 드라이브를 갔고 갑자기 남자친구가 그녀에게 물었다.

"뭐 하나만 물어봐도 돼?"

"뭔데?"

"정말 궁금해서 그러는데 나 만나기 전에 어떤 사람 만났어? 내가 아는 사람 중에 있어?"

그녀는 당황했고 남자친구를 물끄러미 쳐다보았다.

"갑자기 그런 걸 왜 물어보는 건데?"

"아니, 난 그냥 궁금해서…."

"정말 솔직하게 말해줘. 그럼 나도 예전에 만났던 사람 다 얘기할게. 우리 둘은 솔직했으면 싶어서 그래."

이해가 안 됐지만, 자꾸 보채는 남자친구에게 그녀는 대답해주었다. 하지만 그날 이후 둘 사이는 점점 멀어지기 시작한다.

여자는 후회가 되었지만 이미 돌이킬 수 없었고 시간은 흘러갔다. 데이트하던 어느 날 남자친구가 그녀에게 이상한 소리를 해댔다.

"야, 이 화떡녀야! 오늘따라 화장이 왜 이리 진한 거야?"

평소와 달리 안 하던 말들을 하던 그를 이상한 눈으로 쳐다보자 남자친구가 말했다.

"에이, 농담이야. 농담! 뭘 또 그렇게 정색을 해?"

정말 이상했다. 예전과 많이 달라진 그를 볼 때마다 그녀는 고민이 되기 시작했다.

그와 전화통화를 하던 날 남자친구는 친구들과 술자리가 있다며 집에 늦게 갈 것이라 했다. 평소 같았으면 남자친구가 먼저 같이 가자 했을 테지만 이해하고 넘어갔다.

서운한 마음도 잠시 전화가 다시 걸려왔다.

'그러면 그렇지…. 같이 가자고 연락 온 거겠지?'

여자는 웃으면서 전화를 받았다.

"여보세요."

"아잉~ 오빠. 눈을 이렇게 감고 하는 거예요. 눈 감아 봐요. 이렇게…"

'이게 무슨 소리지?' 그녀는 낯선 여자의 목소리를 계속 듣고 있었다.

곧이어 남자친구의 목소리가 들려왔다.

"어, 이렇게 하면 돼? 하하하하하. 이거 진짜 재밌다."

'뚜뚜뚜……'

갑자기 끊어진 전화를 붙잡고 그녀는 상황파악이 되지 않았고 남자친구에게 전화를 걸었다. 받지 않는다.

다시 전화했다.

안 받는다.

'그래. 네가 이기나 내가 이기나 해보자.'

받을 때까지 계속 연락했다.

한참 뒤에 받은 그는 짜증 섞인 목소리로 말했다.

"왜?"

"친구들 여친도 같이 술 마셔?"

"뭐라는 거야. 여자가 어딨어? 여기 남자밖에 없는데."

그녀는 폭발했고 큰소리로 쏘아붙였다.

"내가 너희들이 여자 끼고 노는 것까지 라이브로 들어야겠냐? 내일 나 만날 필요 없어. 다신 나한테 연락하지 마라!"

여자는 소리를 크게 지르며 전화를 끊었다.

너무 괘씸하고 화가 나고 열이 받았다. 속에서는 부글부글 끓어올랐고 욕이 절로 나왔다.

'이것들이 미쳤나. 진짜….'

갑자기 문자가 왔다.

'네가 생각하는 그런 건 아니다.'

어이없는 문자메시지에 정말이지 얘도 아니라고 판단이 들기 시작했다. 그녀는 남자친구의 이해할 수 없는 행동에 치를 떨었고 그 뒤로 연락하지 않았다.

일주일의 시간이 지났다.

남자친구에게서 뜬금없는 문자가 왔다.

"이제 화 풀렸어?"

이건 또 무슨 소리인가. 이미 끝난 사이가 아니던가.

아직 분위기 파악 못 하는 남자친구에게 그녀는 전화를 걸었고 만나서 깔끔하게 정리하기로 했다. 하지만 결국 만나는 날 그녀는 번화가 길 한복판에서 남자친구에게 이별을 고하고 헤어졌다.

이 커플의 문제점은 바로 과거에 있다.

남자는 여자친구가 과거에 만난 사람이 누군지 궁금했고 아무렇지 않게 여겼지만 그 얘기들이 머릿속에 꽂혀 여자를 볼 때마다 생각이 났고 끝내 벗어날 수 없었다.

이처럼 어떤 이들은 과거에 심히 집착하는 경향을 볼 수 있다. 과거를 집착하는 사람은 미래가 불안하다. 과거에 집착하면 현재를 부정하게 되기 때문이다. 그것이 사람의 인연으로 생긴 것이라면 상대가 누구든 그 사람의 과거에 더더욱 집착하게 된다.

이런 사람은 만나면 만날수록 자신에게 위험할 수밖에 없다.

자신의 배우자가 과거에 어떤 사람이었는지를 궁금해하는 건 누구나가 그렇겠지만 그때는 그때이고 지금은 지금인 것이다. 지나간 일은 지나간 것이고 다시 돌릴 수 없기에 서로 묻어가는 것이 맞다.

누군가를 만나고 현재를 살아감에 있어 초점을 맞추고 미래를 바라봐야지 과거에 얽매여서 거기에 생각이 집중되어 있으면 나 자신도 앞으로 나아갈 수 없다. 과거는 과거대로 놔두고 무슨 일이 있건 퉁 치고 앞으로 나갈 수 있는 마음을 가져야 발전이 있고 더 나은 사람이 되는 것이다.

누구든지 털어내서 먼지 안 나오는 사람 없다. 모든 건 자기가 하는 대로 흘러가게 되어 있고 선택한 결과는 부메랑처럼 돌아오게 된다.

앞으로 살아가는 것에 더 노력하고 집중할 수 있는 사람이 되길 바란다.

내가 사랑하는 사람보다
나를 사랑해주는 사람을 만나라고 한다
일단 만나고 나서 보자

대학 시절 동갑내기 남자친구를 만났다.

동갑이라 그런지 친구처럼 편안하고 마음이 잘 통했다. 만나면 만날수록 그는 잘해줬고 늘 최선을 다했다. 사람의 마음은 참 간사한 것 같다. 그렇게 나에게 잘해주니 좋은 건 사실이지만 그의 존재를 당연하게 생각하고 함부로 대하는 경향이 생겼다. 그는 힘들게 한 달간 아르바이트를 번 돈을 오로지 나를 위해 쓰려고 했고 사고 싶은 걸 다 사라며 카드를 손에 쥐여 주곤 했다.

난 어렸고 그런 모습이 점차 부담스럽게 느껴졌다.

손에 든 카드를 그에게 다시 돌려줬다.

"이건 아닌 것 같아. 네가 힘들게 번 돈이잖아. 너 쓰고 싶은 거 써."

그는 한사코 괜찮다며 안 받겠다고 했지만, 아닌 건 아니기에 다시 돌려주었다.

그만큼 그는 나에게 순수할 정도로 애정 어린 마음이 있었는데 왜인지 내 마음은 그와 반대로 흘러가고 있었다.

너무 잘해주어서일까. 그러면 그럴수록 왠지 모르게 다른 생각이 나고 정리를 해야겠단 생각이 들었다.

마음의 결심이 들어섰고 그가 군대 입대를 몇 개월 앞둔 상황에서 메신저messenger를 하다 이별을 통보했다. 그는 헤어짐을 인정하지 못했고 인정하기 싫어했다. 집 앞까지 찾아온 그는 나에게 울면서 무릎을 꿇었다.

남자가 무릎을 꿇다니 너무 당황스러웠다.

"일어나. 빨리 일어나라고!"

주변 의식이 신경 쓰여 다급하게 남자를 일으켜 세웠다.

그는 일어나며 소리쳤다.

"도대체 왜 그러는데? 갑자기? 내가 뭐 잘못한 거 있어?"

그는 망연자실했고 나는 너무나 미안했지만, 마음은 이미 떠난 후라 아무런 감정이 생기지 않았다.

"미안해. 그러니 이제 그만하자."

더 이상 가망이 없다는 걸 인지한 그가 갑자기 소리를 지르며 화를 주체하지 못했다.

난 너무나 놀라 그를 쳐다보며 처음 보는 모습에 당황했고 어찌할 바를 몰랐다.

곧이어 그는 사라졌고 그렇게 우린 끝이 나게 되었다.

지금 생각해보면 그 이후에 무모하리만큼 나에게 잘해주고 신경 써 준 사람은 더 이상 나타나지 않았다. 수많은 만남과 이별을 통해 느낀 것은 다음 사람에게 아무 조건 없이 내가 더 잘해 줘야겠다는 생각보다 내가 덜 손해 보고 상대가 하는 것만큼 나도 돌려주겠다는 계산적인 마음이었다.

풋풋하고 순수한 마음은 어디로 갔을까.

나이가 하나둘씩 채워져 가고 사람 만나는 것에 대해 두려움이 몰려오기도 하며 마음을 온전히 주지 못한 채 후회하는 일도 생기는 상황에서 내 인연을 찾기란 하늘의 별 따기만큼 힘든 일이 되었다.

내가 사랑하는 사람보다 나를 사랑해주는 사람을 찾기 힘든 요즘 앞으로 어떤 사람을 만나야 내 방향성을 정하고 마음을 나눌 수 있을까. 그런 사람조차 찾기 힘드니 생각만 앞서다 여러 기회를 놓치는 것 같아 안타깝다.

상대 마음을 움직이게 만드는 것, 세상에서 제일 어려운 일이지만 한번 마음을 움직이게 만든다면 그게 시작이 되고 사랑을 할 수 있는 기회가 주어진다.

서운함이 느껴질 때면 너무 바라지 않았나 그리움이 느껴질 때면 너무 원하지 않았나 어느 정도 내려놓으면 마음이 편해집니다

사랑하는 사람을 만나다 보면 서운함이 들 때가 있다.

내가 원하는 바가 이루어지지 않거나 나를 좀 더 생각해 주었으면 하는 마음에서 비롯된다. 그러다 보면 사랑이라는 감정이 집착으로 변하고 집착하는 사이가 되면 나 자신을 떠나 상대에게 모든 것이 맞춰짐으로 구속하는 사이가 되어버린다.

하지만 이런 집착에 가까운 생각으로 상대방을 떠올리다 보면 상대가 멀어지는 원인이 되기도 한다.

이유가 무엇일까. 누군가를 계속해서 떠올리면 그 생각의 에너지는 타고 돌고 돌아 상대에게 전해지게 되는데 나를 생각하는 순간 오히려 나의 이미지는 피곤함으로 느껴지고 기피를 해버리는 현상이 생겨버리는 것이다.

그래서 흔히들 말하는 짝사랑이 이루어지지 않는 건 이와 같은 파장이 맞지 않아 생기는 현상인 것이다. 오히려 생각하지 않고 내버려 두었을 때 자연스러운 에너지의 파장이 상대에게 전달되고 상대방도 내 생각을 자연스레 하게 된다.

물 흐르듯이 내버려 두란 소리가 여기서 나온 것이다.

한 여자가 있었다.

연애 초반에는 서로 너무나 끔찍이도 생각하는 모습이었지만 시간은 흘러 서로 애틋한 마음이 사라져가고 만남의 횟수도 줄어들었다. 여자는 알게 모르게 남자친구에게 서운한 감정이 들었고 표출하지 못한 채 지나가는 일의 연속이었다.

산 넘어 산으로 남자친구는 일 때문에 지방으로 떠나게 되고 장거리 연애가 되었다. 좋았었던 기억만을 떠올렸지만, 남자친구를 생각하기에도 한계가 있었고 이 관계를 어떻게 유지해야 할지 막막했다.

그러던 중 여자는 예전 직장동료들이 오랜만에 연락이 와서 만나자고 했고 나가게 되었다.

일할 때 잠시 좋아했었던 A도 참석했다.

다들 즐겁게 시간을 보낸 뒤 귀가하는 시간이 되었고 마지막으로 남은 사람은 A와 여자였다. 자연스럽게 얘기하다 둘은 밥을 먹으러 갔다. 술도 조금 취한 상태였고 여자는 그동안 남자친구에 대한 마음이 힘들었던 터라 자신의 얘기를 꺼내게 됐고 A는 잘 들어주고 상담도 해주었다. 그렇게 헤어지고 여자는 곧장 귀가했다.

그 후로 이상하게도 A가 자꾸 생각났다.

남자친구보다 더 연락을 많이 하게 되고 만남의 수도 늘었다.

여자는 깨달았다.

'아, 그렇게 좋아하던 남자친구를 놔두고 다른 사람이 눈에 들어오다니….'

A를 만날 때만큼은 이상하게도 남자친구에 대한 생각, 걱정, 고민 등 떠오르지 않았고 마음이 편했다. 더 이상 집착의 감정도 서운함도 생기지 않았다. 남자친구에게서는 여전히 연락도 뜸하고 겉으로만 애인 사이일 뿐 아무것도 바랄 수 없는 관계였다.

마음속에서 남자친구를 향한 감정은 내려놓게 되고 서로 합의하여 관계를 정리했다.

알고 보니 남자친구도 따로 만나는 여자가 생겼다.

과연 어디서부터 잘못되었던 것일까.

내가 아무리 좋아하던 사람일지라도 정작 힘들 때 곁에 함께 할 수 없다면 마음의 갈피를 잃는다. 좋아하는 마음 하나로만 모든 걸 해결할 수 없다. 상대를 생각하되 내가 해야 할 일은 해 나가면서 잠시 집착에서 내려놓고 그리움도 접어두고 한걸음 물러서 생각을 한다면 오히려 서로가 더 원하게 되고 보고 싶어 하는 마음이 생겨난다. 무엇이든지 한쪽으로만 치우친 마음은 병이 나고 탈이 나기 마련이다.

이성 간의 만남도 감정이 앞선 것보다 이성적인 판단을 하면서 만나는 것이 후회하지 않는 만남이 된다는 사실을 잊지 말길 바란다.

마인드 컨트롤mind control 하기.

어렵지만 지금이라도 해보는 것이 어떨까.

내 마음이 천국과 지옥을 오가는 구만… 

솔로일 땐 편한 게 장점이고
커플일 땐 편한 게 단점이다

요즘은 혼자만의 시간을 여유롭게 즐기는 사람이 많은 추세이다.

자유롭고 편안하게 혼자서 모든 걸 즐길 수 있다는 점이 최대 강점이 되는데 특히 솔로일 때 하고 싶은 일을 마음껏 누릴 수가 있다. 솔로가 되면 자유롭게 이성 친구들도 만날 수 있고 운동에 전념할 수 있으며 부가적으로 신경 쓰이는 부분이 없으니 오직 나를 위한 삶에 최적화되어 있다. 거기에다 능력까지 갖추었다면 죽을 때까지 혼자 살아도 만족하는 삶으로 살 수 있을 것이다.

하지만 이런 시간이 길어지면 외로운 순간이 오기 마련인데 유형에 따라서 혼자 모든 걸 충족하여 만족하는 사람과 그렇지 못한 사람이 있는 것이다.

커플이 되면 서로의 삶에 영향을 주게 된다.

서로 모든 것을 공유하고 배려하면서 혼자만의 시간을 나누어 상대와 같이 보내야 한다. 사이가 좋고 한창 설렐 때는 온종일 봐도 좋고 모든 걸 같이 한다는 행위 자체가 사랑으로 느껴지며 행복하고 만족스러운 감정을 느낀다.

그러다 사이가 틀어지고 소원한 사이가 되면 감정 소모와 스트레스에 솔로일 때보다 못한 삶에 좌절하기도 한다.

어떤 커플의 이야기다.

설렜던 사랑의 감정으로만 만나던 커플은 하루하루가 시간이 짧았고 항상 서로에게 귀속되어 있었다. 결혼하고 싶을 정도였지만 시간이 지날수록 누구나 그렇듯 권태기가 찾아왔다. 매일같이 보던 얼굴에 서로 지겨워졌을 법도 했다.

그러자 남자가 먼저 여자에게 제안했다.

“어차피 매일 보는데 휴무 전날엔 데이트하고 다음 날은 각자의 집에서 쉬는 게 어때?”

연애 초반 때였으면 그래도 보고 싶은데 라는 말이 나왔을 테지만 여자도 못 이기는 척 수긍해버렸다. 서로에겐 익숙함이 독이 되어가고 있었다. 휴무 날 각자의 생활에서 자유시간을 누리며 마음 편안하게 하루를 보냈고 다음 날이 되면 늘 그랬듯이 마주쳤다.

어쩌면 만남 자체가 의무감으로 변해버린 것처럼 서로가 정해주지 않았지만, 무언의 약속을 지키려는 모습이 강했다.

아무리 피곤하고 힘들어도 연인과는 함께 있으려는 커플들이 많다. 뭐든지 함께하고 시간을 보내야 사랑과 비례한다고 느끼기 때문일까.

하지만 실상 같이 있으면 불편한 점도 많다. 나도 모르게 생리적인 현상이 나타나기도 하고 상대에게 좋은 모습만 보이고 싶은데 둘만 바라보고 있으면 서로 단점이 보이기 시작한다. 불편함을 감수하면서까지 끝까지 함께하려는 모습은 사랑의 감정이라기보다 구속이나 집착에 가까운 감정이다.

이처럼 커플일 때는 서로에게 편한 모습이 독이 된다.

어떤 이들은 편한 감정을 나누는 사람이 진짜 본인의 배우자감이라 한다. 물론 틀린 말은 아니지만 편안한 감정만으로 배우자감이라고 딱 잘라 단정 지을 수도 없다.

인연은 어떻게든 연결이 되기 마련이고 내가 선택한 사람이 끝내는 내 인연이 된다. 편안함을 추구하며 만난 사람이 내 배우자감이 될지 또는 내가 불편하더라도 원하는 배우자감을 찾아서 만날지는 모두 내 선택에 달렸다.

정답은 없다. 좋은 인연과 악연은 내가 만드는 것이다.

내가 말하지 않아도
마음을 전달해 줄 매개체가 있으면 좋겠다

상대에게 기대지도 말고
기대하지도 말고
원래 혼자였던 것처럼
늘 그래왔던 것처럼

사람을 만나다 보면 상대에게 모든 걸 기대거나 의지하려는 사람이 있다.

내 주관은 없고 무엇이든 상대에게 의존하면서 모든 결정을 내가 아닌 그 사람이 하게끔 기다린다. 결정장애와도 비슷한 성향이지만 이런 사람들은 사람과의 연이 끝나면 상처를 받고 깊은 좌절감과 상실감에 빠져 산다. 늘 상대방 의견에 맞추고 행동했기 때문에 나 혼자 스스로 뭘 해야 할지 앞으로 어떻게 살아야 할지 막막한 가슴에 답답함이 몰려온다.

누구를 만나든 본인은 본인 스스로가 챙겨야 한다.

내가 결정하고 추진력 있게 행동해야 혼자 남았을 때 누구에게도 의지하지 않고 살아갈 수 있는 것이다. 나 혼자 스스로 판단과 행동이 서지 않으면 남들이 살아가는 인생에 나를 끼워 맞춰 살아가기에 진정한 내 인생은 없는 것이다.

사람은 원래 혼자의 삶이다.

태어나고 삶을 마감할 때까지 혼자의 인생인 셈이다. 난 예전부터 독립적인 생활을 하는 사람들이 부러웠다. 언제쯤 혼자서 살아갈 수 있을까 하는 생각을 어릴 때부터 줄곧 해왔다.

하지만 환경적인 영향으로 때가 오지 않아 독립할 기회는 없었는데 지금 생각해보면 무작정 독립을 했으면 얼마 못 가 실패했을 가능성이 있었으리라 생각된다. 무엇보다 독립을 할 수 있는 내 마음가짐과 혼자 판단 할 수 있는 능력, 주체성이 부족했었다.

지금은 집을 떠나 독립을 하고 싶다.

하고 싶은 정도가 아니라 해야 한다. 살면서 언젠가는 마주쳐야 할 혼자만의 삶을 지금부터라도 실행해야 한다.

내 인생을 항상 누군가에게 기대어 의지했던 삶이었다면 이제는 놓아버리도록 하는 연습을 해보자. 상대가 나에게 의지할 만큼 나를 단단히 만들고 앞으로 험하디험한 굴곡진 인생을 스스로 힘차게 헤쳐 나가기 바란다.

내가 자존심을 버리고 대하는 사람은 진심으로 관계유지에 애쓴 사람이다

어떤 사람을 좋아하게 되는 과정에서 우리는 많은 생각을 하게 된다.

처음엔 호감이 시간이 지나면서 좋아하는 감정으로 바뀌는데 자존심이 센 사람들은 절대 표현하지 않고 내색하지 않으려 애를 쓴다.

그 사람과의 관계에서 다가가고자 어떠한 방법으로든 제3자를 통해서라도 좋아하는 사람의 주변을 맴돌게 된다. 내가 직접적인 표현을 하지 않아도 상대에게 은근슬쩍 표현하기 위해 시간이 걸리더라도 천천히 가보는 것이다.

그 우연적인 방법들이 필연처럼 반복적으로 이어지면 상대는 우리 사이가 인연인가 하는 생각이 들면서 상대방이 나에게 고백을 유도하게 하는데 이 방법도 결코 쉬운 일이 아니다.

내 자존심을 망가뜨리지 않으면서 좋아하는 사람을 내 사람으로 만드는 것은 쉬운 길을 어렵게 돌아가기에 남들이 보면 답답해 보일 수도 있지만 어쩔 수 없는 그 사람의 성향이다.

이런 사람들에게도 예기치 못한 어려운 상대는 있다.

그 예로 너무 좋아해서 자존심을 버리게 만드는 사람들이다.

그깟 자존심을 너에게만큼은 버리겠다. 상대는 힘들 것이라고 생각을 절대 못 하지만 본인들에게는 죽음과도 같은 처세방법이다. 자존심 빼면 없는 사람인데 말이다. 세상에서 자존심을 제일 중요시 하는 사람이 좋아하는 사람 때문에 내가 아닌 다른 사람이 된다는 게 얼마나 힘든 일인지 사랑을 받는 사람은 모를 것이다.

나도 예전엔 자존심이 너무 강해 절대 상대에게 먼저 숙이고 들어가는 법이 없었다. 능력은 부족하지만 자존심은 나의 마지막 일부일 정도로 말이다.

하지만 살아 보니 이런 생각도 점차 바뀌어 갔다. 좋아하는 사람이 생겼고 좀처럼 다가가기 힘든 상대여서 늘 주변을 맴돌았다. 상대가 먼저 다가오게끔 노력도 해보고 머리도 써보고 최선을 다했지만, 상대방은 결국 오지 않았다.

그래서 마지막 수단으로 내가 먼저 고백을 했다.

내 삶에서 그런 적은 처음이었다. 결과는 잘되지 않았다. 내 예상과는 다르게 빗나갔다.

참 후회가 됐다. 가만히라도 있었으면 편하게 얼굴이라도 계속 볼 수 있었을 텐데 말이다. 자존심이고 나발이고 정말 내 사람이 나타난다면 남은 자존심을 버리고서라도 만나고 싶다. 자존심을 버린다는 것은 내가 상대에게 굽히고 지는 패배감의 감정이 아닌 상대와 관계를 유지하기 위한 내 마지막 노력이자 배려이다.

자존심 때문에 진정한 사람을 놓치는 이들에게 말해주고 싶다.

정말 이 사람을 놓치기 싫다면 후회하기 전에 더 멀어지기 전에 관계를 발전시키길 바란다. 언제나 기회는 두 번 다시 오지 않는다.

좋은 사람을 놓치느냐 얻느냐. 그건 모두 내가 선택할 몫이다.

정리된 관계를 다시 끌어들이지 마라
잘될 것이라면 정리되지도 않았다

아는 지인의 이야기이다.

어느 지방의 미인대회 출신인 그녀는 외모가 뛰어났다. 그의 남자친구는 그녀의 외모에 반해 쫓아다녔고 노력 끝에 둘은 사귀게 되었다.

1년쯤 만남을 지속할 무렵 그녀는 해선 안 되는 행동을 하고야 말았다.

어떤 남자와 바람을 피우게 된 것이다. 그녀의 행동을 의심스럽게 생각하던 남자친구 뒤를 쫓았고 모텔로 들어가는 그녀를 확인했다. 현장을 덮치게 된 그는 충격을 받았고 그녀는 남자에게 염치불구하고 용서를 구했다.

일찍이 정리될 사이였던 것은 분명했지만 그는 그녀를 용서해 주었고 4년을 더 만나게 된다.

나이가 들어 결혼적령기에 들어선 그녀는 남자에게 말했다.

"저기, 오빠. 우리도 이제 결혼할 나이가 되지 않았어? 부모님들에게 인사드리러 갈까?"

그 말을 들은 그는 갑자기 웃기 시작했다.

당황한 그녀가 놀라 그를 쳐다보았다.

그러자 그가 아무렇지 않은 듯 그녀에게 말했다.

"도대체 무슨 말을 하는 거야? 내가 너랑 결혼을 왜 하니?"

그녀는 놀라 되물었다.

"응? 오빠 나랑 결혼할 거 아니었어?"

"누가? 내가? 하하하하하하하하하하하하. 야… 너 진짜 웃긴다. 너 그때 딴 놈이랑 모텔방에서 뒹굴다가 나한테 걸린 거 기억 안 나? 그 날 이후로 난 너와 결혼 마음은 일찍이 접었다. 말이 되는 소리를 해야지. 하핫. 착각도 너무 크게 했다. 너…."

그녀는 충격을 받았고 그럼 그때 헤어질 것이지 나를 왜 받아줬냐며 따졌지만, 그는 복수를 위해서라고 했다. 누구 좋으라고 딴 놈에게 주냐며 너를 계속 내 옆에 있게 한 다음 시원하게 차버릴 계획이라고말했다. 황당함에 할 말을 잃은 그녀는 어이가 없어 한동안 그를 쳐다보았고 헤어지고 난 후 대인기피증에 시달릴 만큼 힘든 시기를 보내게 된다.

이들의 만남이 잘못된 건 그녀가 바람 핀 현장을 발각되고 나서부터다. 일찍이 헤어졌어야 하는 것도 맞다. 바람은 정리될 계기가 되기에 충분했다. 하지만 관계를 정리하지 못했고 남자는 그녀에게 복수하기 위한 계획까지 세우면서 만났다.

잘못된 만남인 건 분명하다.

복수는 시원하게 했다지만 과연 그에게 남는 건 무엇이었을까. 4년의 세월을 보내는 동안 다른 여자를 만나 더 행복하게 살 수도 있었을 테고 자기계발을 위한 다른 노력을 했다면 더 좋은 삶으로 발전이 될 수도 있었다. 오로지 한 사람에게 꽂혀 모든 감정을 계산적으로 행동하며 지내 왔다는 게 소름 끼치도록 무섭다.

현재 그녀는 더 좋은 조건의 남자를 만나 결혼해서 행복하게 살고 있다.

그가 꿈꾸던 복수가 이런 것이었을까. 모두 다 나의 욕심이고 하찮은 고집일 뿐이었다. 내 인연이 아니면 정리될 시점에 보내 주는 게 맞다. 아닌 관계를 계속 붙들어 매봤자 서로에게 더욱 큰 상처가 되어 돌아온다. 그게 물론 마음처럼 쉽게 정리되지는 않는다. 한 번의 헤어짐을 겪으면 회복하기 너무나 힘이 드니 말이다.

둘 중 한 명이라도 재회를 원하고자 한다면 힘든 게 싫어 다시 만남을 시작하는 사람도 적지 않을 것이다. 하지만 이별의 원인을 생각해보면 재회를 하더라도 또 똑같은 문제가 생기고 그 문제로 인해 반복된 헤어짐을 겪는 일이 허다하다.

한번 아닌 건 아닌 게 맞다. 그걸 인정하고 수긍하는 것이 힘든 것이다. 나와 한번 헤어졌던 사람들이 현재까지도 좋은 만남을 유지하고 있는가만 봐도 답이 나온다.

결론은 없다. 그게 정답이고 현실이다.

내가 끌리는 사람은
착한 사람도 성실한 사람도 아닌
내 뜻대로 되지 않는 사람
결국 나쁜 사람이었다

예전부터 나는 내 기준에 맞는 확실한 이상형이 있었다.

호리호리한 체격에 정장이 잘 어울리는 깔끔한 사람이었다. 어찌 보면 차라리 잘생긴 사람이 이상형이라 하는 것이 더 쉬울지도 모르겠다. 애매모호 한 내 이상형의 사람들을 만나 보았지만 결국은 이별을 하게 되었다.

시간이 지나 생각해보니 내가 좋아하고 호감 가졌던 사람들의 성향이 두드러지게 일치하는 부분을 찾을 수 있었고 왜 실패를 했는지도 알게 되었다. 외적으론 평균적으로도 준수한 사람들이었지만 성격은 그러하지 못했다.

하나같이 내가 끌려가는 형태의 만남을 지속했는데 더 좋아하는 마음이 있어서일 수도 있지만, 그 당시 난 생각이 많았고 상대방의 성향을 파악하는 중에 내 뜻대로 흘러가지 않는 상황에 대해 더욱 신경을 곤두서게 했다.

'저 사람은 왜 저럴까? 내가 이렇게 행동하면 상대도 똑같이 나에게 이럴 거야.'라고 생각했던 흐름을 깼다. 하나같이 내 맘대로 움직여 주지 않았다. 그러자 나는 더 신경이 쓰이고 스트레스를 받고 집착하는 모습이 생겼다.

알고 보면 이 문제는 간단히 해결할 수 있다. 나를 좋아해 주고 더 챙겨주고 내 바람과 같이 움직여 줄 수 있는 사람을 만나면 해결된다.

그런데 난 쉬운 길을 돌아갔다.

맘에 들지 않았다. 그런 사람들은 내 사람이 아니라 여겼다. 한마디로 재미가 없었다. 그러니 자꾸 내 스타일의 사람을 고집하고 내가 후회하고 상처받는 악순환이 반복되었다.

참 한결같이 그런 사람들을 좋아했고 바꿀 생각조차 하지 않았던 것인데 지금 생각해보면 참 미련하다. 한 번이라도 내가 원치 않았어도 반대되는 성향을 지닌 사람들을 만나보고 무언가 깨쳤다면 행복한 만남을 가질 수도 있었을 테니 말이다.

하지만 그러기엔 시간이 너무 흘러갔고 지금은 나이를 밝히기 부끄러운 세월이 되었다. 나와 가치관이 맞는 사람이 참 중요한데 어릴 때는 무조건 남자는 술을 좀 마실 줄 알고 담배를 태울 줄 알아야 한다는 관념이 깊숙이 박혀 있었다. 내가 술을 잘 마시진 못해도 즐겨

하니 같이 술 한잔하면서 만나고 싶었다.

아무래도 술을 못 마시고 담배를 안 태우는 일명 건실한 사람들은 내 이상형과는 너무나 동떨어진 사람들이라 관심조차 가지 않았던 걸 보면 내 고집도 참 대단하리만큼 무서웠었다. 이런 사람들은 재미없는 사람들이라 여겼기 때문이다.

내 인생이 노잼No+재미, 재미가 없다는 뜻인데 만나는 사람까지 노잼을 만나고 싶지 않았다. 그러나 이런 생각은 참으로 위험했다. 똑같은 성향과 스타일은 나를 힘들게 했고 소위 나쁜 남자가 많았다.

난 그런 사람들에게 맞춰주느라 시간을 보냈으니 한심스러운 시간을 보냈다.

나쁜 남자들은 여자들의 마음을 너무나도 잘 안다. 밀당의 고수이며 이기적인 사람밖에 없으니 굳이 내가 아니어도 다른 여자를 만날 가능성이 충분했다.

내 예상과는 다르게 행동했던 사람들을 만나면서 그들을 이해하려고 무던히도 애썼지만 나만 스트레스였다. 혼자서만 이해하려고 하니 무엇이 되겠는가.

상대는 움직이지도 않는데 말이다. 혼자 삽질하고 정신을 차려보니 세월은 많이 지나가 버렸다.

이제는 후회하는 사람을 만나면 안 되겠지만 또 사람 마음이 어찌 될지 나도 모르겠다.

분명한 건 이미 나는 답을 알고 있다는 것이다. 그걸 알면서도 실천을 안 할 뿐이고 마음이 움직여지지 않는다는 것뿐이다.

연애보단 결혼을 생각할 나이에 복잡한 건 너무나도 싫다.

그렇다고 앞으로 누굴 만나야 할지 누가 나타날지도 모르는 일이다. 중요한 건 답을 알고 있으니 똑같은 실수를 반복해선 안 된다는 것이다. 당장은 힘들겠지만 나를 바꿔야 변할 수 있고 악연을 끊을 수 있다.

내겐 서운했던 일들이
상대에겐 별일이 아닐 때
무엇보다 슬픈 건 내가 고작
너에게 이것밖에 되지 않는 건가

그녀의 남자친구 어머님의 생신일이 다가왔다.

이전에 지나가는 말로 등산용 가방이 갖고 싶다고 말씀하셨기에 등산용품 코너에서 고민 끝에 하나를 골랐다. 남자친구가 알면 놀라면서 당연히 기쁘게 생각할 것이라 여긴 그녀는 건네주었고 반응을 살폈다.

하지만 돌아오는 말은 그녀를 힘 빠지게 했다.

"이거 환불하는 게 어때?"

"응? 왜, 맘에 안 드신대?"

"이거 우리 엄마 스타일도 아니고. 그리고 살 거면 미리 물어보고 사지 그랬어?"

"응?!! 그럼 뭐가 필요하실까? 저번에 이거 필요하다고 하신 것 같은데….”

“난 모르겠고 그냥 환불해. 원치 않는 선물은 안 하는 거 보다 못해.”

그 말을 들은 그녀는 할 말이 없어졌다.

내가 잘못한 건가 싶고 눈치도 없는 사람이 된 건가 싶은 마음과 비싼 게 아니라 실망한 건가 하는 온갖 생각들로 섭섭한 마음이 들었다.

자고로 선물이라는 것은 그게 무엇이든 받으면 고마운 게 아닌가. 아무리 원치 않았어도 말이다. 잘못 생각한 건가 싶어 더욱 서운한 마음이 들었고 기분이 나빠지기 시작했다. 결국 환불하고 그녀는 어머님께 전화를 걸어 물어보았다.

“여보세요. 어머님!! 저 ○○이에요.”

“그래, 어쩐 일이고?”

“네, 다른 게 아니라 곧 생신이신데 혹시 어머님 뭐 갖고 싶으신 거 없으세요?”

“아이고 뭐 없다. 괜찮다.”

“어머님, 괜찮아요. 편하게 말씀하세요!”

“정말 괜찮은데…. 그 명품화장품 ○○코너에 바디미스트가 향이 좋더라.”

“아… 바디미스트요? 네, 알겠습니다. 푹 쉬세요. 어머님.”

“아이고, 괜히 무리하는 거 아니니? 괜찮은데 진짜… 사지 마라.

그냥….”

“아니에요. 어머님, 괜찮아요. 다음에 빌게요!”

전화를 끊고 조금 당황하였지만 원하시는 걸 사줘야 사는 사람도 받는 사람도 의미가 있는 것이기에 명품 화장품매장으로 향했고 바디미스트를 구입했다.

물론 구매를 안 해도 되는 것이었고 그냥 넘어가도 될 문제이긴 했다.

괜히 일을 만드는 것일 수도 있지만 계속해서 그녀는 혼자 서운한 마음이 들었다. 그냥 선물 자체에 고마워했을 텐데 남자친구의 냉정한 말투와 예상과는 다른 모습에 상처를 받았다.

하지만 남자친구는 정말 냉정하리만큼 이성적인 사람이었다. 혼자만의 생각이었고 일부의 사람들이 선물을 받는데 무조건 고마워하지 않는다는 사실을 깨달았다.

선물이란 상대방이 원하는 것을 주었을 때 그 가치를 인정받을 수 있다는 것이다. 다들 내 마음과 같지 않다는 걸 이해되지 않았지만 받아들일 수밖에 없었다.

그 이후로도 현실적인 조언과 직설적인 말투에 기분이 상하기도 상처를 받기도 하며 자존심을 긁는 상황이 반복되었다. 그러다 결국 이별하였고 더 이상 혼자 상처받는 일은 생기지 않았다. 그의 냉정하리만큼 이성적인 화법은 당황스러울 만큼 무섭게 다가왔고 마음이 아팠다. 그녀에겐 서운한 일들이 상대에겐 별일이 아닌 거라 느낄 때 마음을 조금이라도 이해해주길 바랐던 그녀는 자신이 초라해 보였다.

앞으론 서운한 맘도 좋은 맘도 기분 나쁜 맘도 모두 같이 느끼고 이해할 수 있고 공감할 수 있는 사람을 만나보고 싶다. 뭐든지 혼자 하는 것은 한계가 있고 끝이 보인다. 이제는 가치관이 맞는 그런 사람을 만나고 싶다. 그것이야말로 내가 행복해질 유일한 방법이자 올바른 선택이니 말이다.

선물할 때는 상대방의 본심을 명확하게 파악하고 있어야 한다. 또 사전에 정보를 입수하는 것이 실수하지 않는 방법 중 하나다. 명품을 좋아하지 않고 현금을 좋아하는 사람이 있는 반면에 현금보다 성의를 표하는 상품을 선호하는 사람도 있기 때문이다. 제각기 취향이 다 다르기에 선물을 하는 사람은 이를 반드시 고려해 봐야 한다.

내가 애써야만 이뤄지는 사람이 있는가 하면
내가 노력하지 않아도 다가오는 사람이 있다
난 나에게 다가오는 사람이
내가 원하고 바라던 사람이길
그리고 마지막 사람이길

어떤 남자가 있었다.

그는 삐딱한 성격의 소유자로 좋은 말을 해주면 곧이곧대로 받아들이지 않았다. 무엇인가 비틀어서 생각했고 그것은 가족과 친구 애인에게까지 영향을 미쳤다.

하지만 제3자의 눈에선 그저 매너 좋고 친절하고 재미있는 사람 그 자체였다.

식당에서 밥을 먹을 때도 그는 상대가 음식을 조금 남기는 것을 그냥 넘어가지 못했다.

"우리 ㅇㅇ이는 나중에 결혼하면 음식물쓰레기가 엄청 나오겠구나…."

그는 항상 이런 스타일이었다. 그런 말을 듣는 사람은 피곤하고 짜증이 나고 스트레스를 받았지만 표현하지 않았다.

TV에서 비만 진단을 받은 사람이 극적인 다이어트로 살을 빼 식당을 운영하시는 부모님 가게에 몇 개월 만에 찾아갔고 부모님은 딸을 알아보지 못했다. 딸은 인터뷰에서 부모님에게 '효도한 것 같이 기쁘다'라며 소감을 말했고 그는 여자친구를 바라보며 한마디 했다.

"우리 ㅇㅇ이는 언제 부모님한테 효도할 거야?"

여자친구는 마음이 상했지만 아무렇지 않게 웃어넘겼고 그러면 그럴수록 그의 비꼬는 화법은 계속되어 상대가 상처를 받을 것이라는 생각을 전혀 인지하지 못했다.

왜 그런 말을 듣고도 참고 있었냐고 묻거나 누군가 기분 나쁜 표현을 하면 오히려 적반하장의 태세였고 그럴 때면 늘 농담이었던걸 강조하여 어물쩍 넘어갔다.

참 피곤한 사람이었다.

그런 화법 이외엔 사람 관계에 있어 문제 되는 건 없었으니 상대방도 유지하며 관계를 이어나갔다. 하지만 이 관계는 한 명이 손을 놓으면 언제든지 끊어지는 관계였다. 내가 노력해야지만 유지되는 관계이며 노력하지 않으면 끝이 나는 참으로 쉽고도 어려운 관계였다. 사람 마음이라는 게 너무나 어려운 것이 좋아하는 마음이 있다면 그 감정 하나만으로 아무리 힘들어도 관계유지가 되기도 하고 모든 걸 인내하며 참게 된다.

요즘 세상에 이럴 수가 있겠는가 싶지만 의외로 많은 사람들이 힘든 연애를 하고 있다. 사랑받지 못하면서 혼자 애쓰는 관계가 안타깝긴 하지만 본인이 선택한 결정이기에 다른 사람이 백번 조언해줘도 귀에 들어오지 않는다.

반대로 애쓰지 않아도 나를 찾아오는 인연이 있다. 대부분 이런 사람들은 첫눈에 마음에 들기 쉽지 않다. 힘들고 또 힘들다. 이건 상대가 나에게 무지 노력하는 경우인데 행복한 상황이지만 마음이 잘 움직여 주질 않는다. 환경이 전혀 다른 사람들과 인연이 되었을 때는 부딪히는 것이 너무나도 많다. 이것을 조율해 나가기 위해서는 한쪽은 포기해야 하고 무던히도 노력해야 한다.

하지만 노력했음에도 불구하고 수긍할 수 있는 것이 있고 수긍할 수 없는 것이 있다. 이 부분은 틀린 것이 아니라 성향이 다른 것이다. 성향이 너무 다르면 함께하는 시간이 불편해질 수밖에 없다.

이때 자신에게 조용히 물어봐야 한다.

내가 상대방 말을 그대로 포용하면서 갈 수 있을지 말이다. 자신이 없으면 물러나는 것이 맞다. 세상에는 많은 사람 속에서도 나와 맞춰 갈 수 있는 아니, 닮아갈 수 있는 사람은 얼마든지 있기 때문이다. 목숨 건 사랑이 아니라면 관계를 지속할 이유가 없는 것이다.

답답한 나의 연애를 주변 지인에게 말했더니 속 시원해지기는커녕 고민만 더 늘었다

한참 혈기왕성한 나이에 연애하면서 고민스러운 일로 스트레스를 받고 있던 때였다.

답답한 마음에 같이 일하던 동료 남자 직원에게 얘길 했고 뭔가 해결책이 나오리라 기대하며 말했다.

"하…. 선배 왜 그러십니까?"

"아니, 진짜 남자들은 다 그런 건가? 내가 이상한 건가?"

"무슨 일이라도 있으십니까?"

"그냥 내가 너무 맞춰줬는지, 이젠 인내심도 한계가 있지. 가슴속에 한이 맺힌 것 같다. 이러다 몸에서 사리가 나올 지경이다."

"네? 몸에서 사리요?"

"그래. 이젠 득도해서 산으로 가야 할 판이다. 하…."

"선배님, 그런데 사리라 하심은 우동 사리 아니면 라면 사리를 말씀하시는 겁니까?"

그 순간 난 후배의 얼굴을 쳐다보았다.

분명 농담은 아니었다.

본인이 한 말에 대한 일말의 의구심도 품지 않은 그는 똘망똘망한 눈으로 날 쳐다보고 있었다.

그러자 다시 내 머릿속으로 들어오는 한 마디,

'우동 사리'와 '라면 사리'

이건 꿈이 아니었다.

난 후배를 똑똑히 쳐다보며 되물었다.

"너 정말 내가 말한 사리를 우동 사리로 알아들은 거야?"

후배는 뭘 당연한 걸 또 묻냐는 식으로 나를 쳐다보았고 어이없음에 한숨만 나오기 시작했다.

"저기 있잖아…."

"네, 선배님 말씀하십시오."

"와…. 우동 사리하고 라면 사리 시켜 묵고 남은 건 볶음밥까지 빡빡 볶아먹지 그랬노!"

후배는 더욱더 놀라며 말했다.

"선배님, 그렇게 드시면 될 것 같습니다!"

'앗!!!!!!!!!!!!!'

더 이상 그 후배에겐 그날 이후 말 한마디 하지 않았다. 지나칠 만큼 천진난만한 후배를 보니 내 고민은 고민거리도 아니었다. 진심으로 심히 후배가 걱정되었다. 20대 중반의 나이에 사리의 뜻을 모를 수가 있단 말인가.

그 이후에도 난 혼자 나에게 묻고 또 물으며 이해가 되지 않은 채로 잊히지 않는 하나의 추억이 되었다.

과연 본인의 연애가 답답하다 해서 다른 사람들에게 얘기한들 속 시원하게 해결이 될 수 있을까. 정말 나에게 현실적인 조언을 해줄 수 있는 사람, 나이를 떠나 충분한 대화가 가능하며 상담자가 될 수 있는 경험을 많이 갖춘 사람, 내가 경험한 바로는 나의 고민을 상대방에게 얘기할 때에는 나보다 수준이 높은 사람이 유리하고 그 사람 주변에 인과관계가 폭넓은 사람을 선택해야 한다. 그런 사람에게 나의 고민을 털어놓고 진지하게 조언을 받는 것이 올바른 방법인 것이다.

상대방이 소문을 내지 않는 사람이고 마음이 착하다고 해서 나의 고민을 털어놔 봤자 아무런 이득이 되지 않는다. 고민이 될 때 나의 주변에 상담할만한 사람이 없다면 그냥 나 자신이 가만히 아무 일도 하지 않고 그냥 기다리는 것이다. 그러다 보면 평정심이 찾아온다.

익숙하면 편하겠지만
그것이 오히려 내 발목을 잡는다

흔히 남자들의 이상형은 엄마 같은 여자, 여자들의 이상형은 아빠 같은 남자를 선호하는 경향이 있다. 이처럼 비슷한 성향을 가진 사람을 만나면 호감을 가지고 연인으로 발전되는 경우가 있는데 이런 기준을 두고 사람을 만나다가 본인들의 삶을 망치는 경우가 생기기도 한다.

예를 들어, 난 부모들의 삶과 똑같은 삶을 살고 싶지 않은데 내가 결혼할 나이가 되면 나도 모르게 부모들의 성향을 닮은 비슷한 사람을 고르고 만나 결혼을 한다는 것이다. 이것은 어릴 때부터 봐온 친숙하며 유일한 이성이 부모들이고 부정하고 싶어도 닮고 싶지 않아도 닮아 갈 수밖에 없는 핏줄이기 때문이다.

부모의 결혼생활을 보고 자란 자녀 중에 아빠와 닮은 사람은 절대 만나지 않겠다고 다짐하지만, 누군가를 만나다 보면 아빠와 비슷한 모습을 상대에게서 발견하게 되는 경우가 있다. 성격과 체형 심지어 말투까지 빼다 박은 모습을 발견했을 땐 왠지 모르게 친숙한 모습으로 다가가게 되는 것이다.

이것은 자신의 함정일 수 있다.

익숙한 데에서 오는 감정으로 상대에 대한 경계심이 누그러지기 때문에 쉽게 받아들이게 된다. 보통 자신도 모르게 느껴지는 익숙함을 편안함이라고 생각한다. 그런 사람들을 부정하고 싶지만 나도 모르게 습득되어온 일상들을 호감으로 착각하는 경우가 많다. 그토록 거부하고 싶은 부모의 삶이 자신도 모르게 대물림 되듯이 그런 인생을 살아가기 때문이다.

내가 살아가는 데 있어 부모의 역할과 존재는 참으로 중요하다.

하지만 살다 보면 가족이라도 의견이 일치하지 않아 합의될 수 없는 상황이 발생하면 홀로 설 수밖에 없는 환경에 처하기도 한다. 그만큼 가족이란 존재가 중요하지만 내가 처해있는 환경에 따라서 여러 상황이 만들어지는데 자신이 가는 길이 원하는 삶이 아니라면 과감히 가족을 떠나서라도 홀로서기 연습을 해야 한다.

그래서 가정환경이 중요한 것이다.

성인이 되어 선택한 삶이 결국은 저렇게 살고 싶지 않다고 생각한 부모들의 삶을 살며 되풀이되는 것은 살아온 환경에 익숙해져 있기 때문이다. 이런 삶을 방지하기 위해서는 정의 이끌림과 편안함의 기준을 버리고 누군가를 만날 때에는 내가 접해보지 못했던 사람들도 만나보며 다양한 경험을 쌓는 것도 자신을 변화시키는 하나의 방법인 것이다.

내 울타리에 속한 모든 환경만 믿고 편한 것을 선택하며 반복되는 삶을 살 것인가. 아니면 자신의 익숙함을 벗어나 전혀 다른 마인드를 가진 사람을 만난다면 새로운 자신의 인생이 만들어지지 않을까.

당신을 거꾸로 하면 신당이 된다
이제는 그만큼 절실해진 사람이다

강아지를 진정 키우고 싶다면 내 삶에 이용하지 마라

요즘 반려견, 반려묘를 키우는 사람들이 넘쳐난다.

그로 인해 크고 작은 다양한 사건도 생기고 버려지는 동물들이 피해를 받는다. 나도 강아지를 좋아하고 여건만 된다면 당장이라도 키우고 싶은 마음이 크다.

하지만 내 주변을 둘러보면 자신의 이기심을 채우기 위하여 잘못된 사랑으로 동물을 키우는 사람들을 본 적이 있다. 단순히 본인의 외로움에 분양받고 키우다 개인적인 일이 바빠져 강아지가 방치된다든지 강아지를 이용해 이성들에게 접근하고 연락하여 본인의 욕구를 채우는 사람들을 보면서 의욕만 가지고 욕심으로 동물을 선택하면 안 된다는 생각을 하게 되었다.

강아지로 이성을 유혹하는 사람들은 원하는 목적을 위해 본인의 강아지를 최대한 이용한다. 그중에 알레르기나 동물을 선호하지 않는 사람을 제외하고는 대중성을 이용하여 SNS나 유튜브에 강아지 사진이나 영상을 올려 상대의 접근을 유도하거나 어필하는 모습을 허다하게 볼 수 있다.

처음 보는 사람일지라도 자연스레 대화를 유도할 수 있고 본인의 강아지 사진이나 영상을 보여주며 호감을 산다. 그로 인해 친해지면 본인의 목적을 달성하고 원하는 관계를 만든다.

내 주변에도 이런 사람들의 부류를 보았다.

강아지로 인하여 연인관계가 만들어졌다면 헤어지고 나서도 끝까지 강아지를 책임져야 하는데 헤어진 연인을 자꾸 생각나게 만든다는 이유로 소홀히 대하는 것을 보았다.

강아지가 무슨 죄이겠는가.

그들은 아무 생각 없이 사람들의 개인적인 욕심으로 인해 이용당하지만, 강아지들도 눈치는 있다. 주인의 눈치를 보는 그 똘망똘망한 눈동자를 생각해 보았는가.

사랑하는 사람을 찾는다는 것은 새로운 여행지를 찾는 것과 같다

나는 현재 〈보리쌤〉이라는 닉네임nickname으로 유튜브Youtube 방송을 운영하고 있다.

요즘은 연애 및 고민 상담을 콘텐츠로 하거나 강의하는 사람도 심심치 않게 볼 수 있다. 주로 하는 질문이 미혼인 경우, 연애에 대한 고민으로 상담하는 사람들을 많이 보았다.

물론 유튜브 운영자가 '이것이 답이다'라고 해결책을 제시해 주지만, 솔직히 그것이 정확한 답이라고는 할 수 없는 것 같다.

왜냐면 연애란 두 사람이 만들어 가는 과정이므로 두 사람 말을 다 들어봐야 정확한 답이 나올 수 있는 것이다. 상담하는 쪽의 말만 듣고 답을 준다는 것은 의심해 볼 여지가 있다. 정확하게 말하면 상담자가 자기 자신의 약점을 숨기고 자기중심적인 질문을 할 수도 있기 때문이다.

그래서 연애 상담은 인생 상담과 마찬가지로 함부로 '이것이 답이다'라고 단정 지어 말할 수는 없다. 여러 가지 방법으로 신중하게 생각한 후에 자신이 선택을 할 수 있도록 다양한 방면으로 제시해 주어야 한다. 그 사람의 인생이 걸려 있을 수도 있는 문제이니까 말이다.

연애경험이 많은 남자와 여자의 경우를 보면 한 남자와 한 여자를 정해놓고 오랫동안 관계를 지속하지 못한다. 그 이유는 여러 가지가 있지만 같은 나이라도 그 사람의 성격이라든지 취미라든지 또한 환경까지도 다르기에 어느 순간 상대에게 자신과 맞지 않는다고 느끼면서 이별을 고하는 일이 많다.

사람마다 성향이 다 다르기도 하고 인간관계라는 것은 자기가 원하는 방향으로 흘러갈 수 없을 때가 많다.

이럴 때 생각을 해보자.

내가 어느 곳을 바라보고 있는지 또는 뭘 원하고 있는지 자신에게 물어보면 대충 답은 나온다. 내가 상대를 바라볼 때 나의 성향에 맞춰 줄 사람이 필요한 건지 아니면 내가 좋으면 상대방 뜻에 따를 것인지를 정확하게 짚어보아야 한다.

나의 뜻을 맞춰 줄 사람을 필요로 한다면 나를 잘 따라줄 수 있는 그런 사람을 찾아야 할 것이고 반대로 내 뜻을 펼치고자 욕심을 낸다면 나 자신을 버리고서라도 상대의 뜻에 따라 맞춰야 하는 일이 생기기 때문이다.

그래서 사랑하는 사람을 찾는다는 것은 새로운 여행지를 찾는 것과 같다.

우리가 어느 곳을 가든지 그곳에는 알 수 없는 여러 가지 일들이 일어날 것이고 또한 많은 기대를 하게 된다. 사람을 만난다는 것은 여행지를 찾는 것과 같으므로 어떤 사람을 만나야겠다 하는 기준은 현실적으로 정하기 어렵다.

나 스스로 원하는 것을 찾기보다 상황에 맞춰서 내가 상대를 알아가는 것이 맞는 것이다.

일과 사랑 다 가질래

초판 1쇄 발행 2020년 5월 25일

지은이 최문정
펴낸이 주지오
펴낸곳 무량수
부산광역시 부산진구 중앙대로 777 이비스앰배서더 부산시티센터 2층
TEL. 051) 255-5675 FAX. 051) 255-5676

전자우편 무량수.com

ISBN 978-89- 91341-56-2

※이 도서의 국립중앙도서관 출판예정도서목록(CIP)은 서지정보유통지원시스템 홈페이지 (http://seoji.nl.go.akr)와 국가자료종합목록 구축시스템(http://kolis-net.nl.go.kr)에서 이용하실 수 있습니다.
(CIP제어번호 : CIP2020020424)

정가 12,000원